双峰文丛

奶奶的星星

史铁生 著

山东画报出版社

目　录

奶奶的星星 / 001

我的遥远的清平湾 / 061

秋天的怀念 / 095

合欢树 / 098

我与地坛 / 104

我二十一岁那年 / 141

好运设计 / 165

病隙碎笔・三 / 203

病隙碎笔・四 / 249

回忆与随想：我在史铁生（节选）/ 262

奶奶的星星

世界给我的第一个记忆是：我躺在奶奶怀里，拼命地哭，打着挺儿，也不知道是为了什么，哭得好伤心。窗外的山墙上剥落了一块灰皮，形状像个难看的老头儿。奶奶搂着我，拍着我，"噢——噢——"地哼着。我倒更觉得委屈起来。"你听！"奶奶忽然说，"你快听，听见了吗……"我愣愣地听，不哭了，听见了一种美妙的声音，飘飘的、缓缓的……是鸽哨儿？是秋风？是落叶滑过屋檐？或者，只是奶奶在轻轻地哼唱？直到现在我还是说不清。"噢噢——睡觉吧，麻猴儿来了我打它……"那是奶奶的催眠曲。屋顶上有一片晃动的光影，是水盆里的水反射的阳光。光影也那么飘飘的、缓缓的，变幻成和平的梦境，我在奶奶怀里安稳地睡熟……

我是奶奶带大的。不知有多少人当着我的面对奶奶说过："奶奶带起来的，长大了也忘不了奶奶。"那时候我懂些事了，趴在奶奶膝头，用小眼睛瞪那些说话的人，心想：瞧你那讨厌样儿吧！翻译成孩子还不能掌握的语言就是：这话用你说吗？

奶奶愈紧地把我搂在怀里，笑笑："等不到那会儿哟！"仿佛已经满足了的样子。

"等不到哪会儿呀？"我问。

"等不到你孝敬奶奶一把铁蚕豆。"

我笑个没完。我知道她不是真那么想。不过我总想不好，等我挣了钱给她买什么。爸爸、大伯、叔叔给她买什么,她都是说:"用不着花那么多钱买这个。"奶奶最喜欢的是我给她踩腰、踩背。一到晚上,她常常腰疼、背疼,就叫我站到她身上去,来来回回地踩。她趴在床上"哎哟哎哟"的,还一个劲儿夸我:"小脚丫踩上去,软软乎乎的,真好受。"我可是最不耐烦干这个,她的腰和背可真是够漫长的。"行了吧?"我问。"再踩两趟。"我大跨步地打了个来回:"行了吧?""唉,行了。"我赶快下地,穿鞋,逃跑……

于是我说:"长大了我还给您踩腰。"

"哟,那还不把我踩死?"

过了一会儿我又问:"您干吗等不到那会儿呀?"

"老了,还不死?"

"死了就怎么了?"

"那你就再也找不着奶奶了。"

我不嚷了,也不问了,老老实实依偎在奶奶怀里。那又是世界给我的第一个可怕的印象。

一个冬天的下午，一觉醒来，不见了奶奶。我扒着窗台喊她，窗外是风和雪。"奶奶出门儿了，去看姨奶奶。"我不信，奶奶去姨奶奶家总是带着我的。我整整哭喊了一个下午，妈妈、爸爸、邻居们谁也哄不住，直到晚上奶奶出我意料地回来。这事大概没人记得住了，也没人知道我那时想到了什么。小时候，奶奶吓唬我的最好办法，就是说："再不听话，奶奶就死了！"

夏夜，满天星斗。奶奶讲的故事与众不同，她不是说地上死一个人，天上就熄灭了一颗星星，而是说，地上死一个人，天上就又多了一个星星。

"怎么呢？"

"人死了，就变成一个星星。"

"干吗变成星星呀？"

"给走夜道儿的人照个亮儿……"

我们坐在庭院里，草茉莉都开了，各种颜色的小喇叭，掐一朵放在嘴上吹，有时候能吹响。奶奶用大芭蕉扇给我轰蚊子。凉凉的风，蓝蓝的天，闪闪的星星，永远留在我的记忆里。

那时候我还不懂得问，是不是每个人死了都可以变成星星，都能给活着的人把路照亮。

奶奶已经死了好多年。她带大的孙子忘不了她。尽管我现在想起她讲的故事，知道那是神话，但到夏天的晚上，我却时常还像孩子那样，仰着脸，揣摸哪一颗星星是奶奶的……我慢慢去想奶奶讲的那个神话，我慢慢相信，每一个活过的人，都能给后人的路途上添些光亮，也许是一颗巨星，也许是一把火炬，也许只是一支含泪的烛光……

奶奶是小脚儿。奶奶洗脚的时候总避开人。她避不开我，我是"奶奶的影儿"。

"这有什么可看的！快着，先跟你妈玩儿去。"

我蹲在奶奶的脚盆前不走。那双脚真是难看，好像只有一个大脚趾和一个脚后跟。

"您疼吗？"

"疼的时候早过去啦。"

"这会儿还疼吗?"

"一碰着,就疼。"

我本来想摸摸她的脚,这下不敢了。我伸一个指头,拨弄拨弄盆里的水。

"你看受罪不!"

我心疼地点点头。

"赶明儿奶奶一喊你,你就回来,奶奶追不上你。嗯?"

我一个劲儿点头,看着她那两只脚,心里真害怕。我又看看奶奶的脸,她倒没有疼的样子。

"等我妈老了,脚也这样儿了吧?"

一句话把奶奶问得哭笑不得。妈妈在外屋也忍不住地笑,过来把我拉开了。奶奶还在里屋念叨:"唉,你妈赶上了好时候,你们都赶上了好时候……"

晚上睡在奶奶身旁,我还想着这件事,想象着一个老妖婆(就像《白雪公主》里的那个老妖婆,鼻子有钩,脸是蓝的),用一条又长又结实的布使劲勒奶奶的脚。

"您妈是个老妖婆!"我把头扎在奶奶的脖子下,说。

"这孩子,胡说什么哪?"奶奶一愣,摸摸我的头,怀疑我是在说梦话。

"那她干吗把您的脚弄成那样儿呀?"

奶奶笑了,叹口气:"我妈那还是为我好呢。"

"好屁!"我说。平时我要是这么说话,奶奶准得生气,这回没有。

"要不能到了你们老史家来?"奶奶又叹气。

"我不姓屎!我姓方!"我喊起来。"方"是奶奶的姓。

奶奶也笑,里屋的妈妈和爸爸也笑。但不知为什么,他们都不像往常那样笑得开心。

"到你们老史家来,跟着背黑锅。我妈还当是到了你们老史家,能享多大福呢……"奶奶总是把"福"读成"斧"的音。

老史家是怎么回事呢?奶奶干吗总是那么讨

厌老史家呢?反正我不姓屎,我想。

月光照在窗纸上,一个个长方格,还有海棠树的影子。街上传来吆喝声,听不清是卖什么的,总拖着长长的尾音。我看见奶奶一眨不眨地睁着眼睛想事。

"奶奶。"

"嗯?睡吧。"奶奶把手伸给我。

奶奶想什么呢?她说过,她小时候也有一双能蹦能跳的脚。拉着奶奶的手睡觉,总能睡得香甜。我梦见奶奶也梳着两个小"抓鬏儿",踢踢踏踏地跳皮筋儿,就像我们院里的惠芬三姐,两个"抓鬏儿",两只大脚片子……

惠芬三姐长得特别好看。我还只是个小孩子的时候,就觉得她好看了。她跳皮筋的时候我总蹲在一边看,奶奶叫我也叫不动。但惠芬三姐不怎么爱理我。她不太爱理人。只有她们缺一个人抻皮筋的时候,她才想起我。我总盼着她们缺一个人。她也不爱笑,刚跳得有点高兴了,她妈就又喊她去洗菜，去和面，去把她那群弟弟妹妹的衣裳洗洗。她一声不吭地收起皮筋，一声不吭地去干那些活儿。奶奶总是夸她，夸她的时候，她也还是一声不吭。

惠芬三姐最小的弟弟叫八子，和我同岁。他们家有八个孩子，差不多一个比一个小一岁。他们家住南屋，我们家住西屋。

院子中间，十字砖路隔开四块土地，种了一棵梨树和三棵海棠树。春天，满院子都是白花；花落了，满地都是花瓣。树下也都种的花：西番莲、草茉莉、珍珠梅、美人蕉、夜来香……全院的人都种，也不分你我。也许因为我那时还很小，总记得那些花都很高。我和八子常在花丛里钻来钻去。晚上，那更是捉迷藏的好地方，往茂密的花丛中一蹲，学猫叫。奶奶总愿意把我们拢到一块儿，听她说谜语："青石板，板石青，青石板上……""咳，是星星！"奶奶就会那么几个谜语。八子不耐烦了，又去找纸叠"子弹"；我们又钻进花丛。"别崩着眼睛！唉……"奶奶坐在门前喊。"没有,我们崩猫呢!"八子说。有一只外头来的大黑猫,是我们的假想敌。"猫也别崩,好好的猫,你们别害巴它!"奶奶还在喊。我们什么都听不见了,从前院追到后院,又嚷又叫,黑猫蹿上房,逃跑了。

　　八子特别会玩。弹球儿他总能赢,一赢就是大半兜,好的不多,净是大麻壳、水泡子。他还会织逮蜻蜓的网,一逮就是一大把,每个手指缝夹两只。他还敢一个人到城墙根儿去逮蛐蛐儿,或者爬到房顶上去摘海棠。奶奶就又喊:"八子,八子!什么时候见你老实会儿!看别摔了腰!"八子爱到我们家来,悄悄地,不让他妈知道。奶奶总把好吃的分给我们俩——糖,一人两块,或者是饼干,一人两三块。八子家生活困难,平时吃不到这些东西。八子妈总是抱怨,"有多少东西,也不够我们家那几个'小饿狼儿'吃的。"我和八子趴在奶奶的床上,把糖嘬得"咂咂"地响,用红的、蓝的玻璃纸看太阳,看树,看在院里晾衣服的惠芬三姐。我们俩得意地嘻嘻哈哈笑。"八子！别又在那儿闹！"惠芬三姐说话总绷着脸，像个大人。八子嘴里含着糖，不敢搭茬儿。"没闹，"奶奶说，"八子难得不在房上。"其实奶奶最喜欢八子，说他忠厚。

上小学的时候，我和八子一班。记得我们入队的时候，八子家还给他做不上一件白衬衫，奶奶就把我的两件白衬衫分一件给八子穿。八子高兴得脸都发红，他长那么大一直是捡哥哥姐姐的旧衣服穿。临去参加入队仪式的早晨，奶奶又把八子叫来，给我们俩每人一块蛋糕和两个鸡蛋。八子妈又给了我们每人一块补花的新手绢，是她自己做的。八子妈没日没夜地做补花，挣点钱贴补家用。

奶奶后来也做补花，是八子妈给介绍的。一开始，八子妈不信奶奶真要做，总拖着，奶奶就总问她。

"八子妈，您给我说了吗？"

"您真要做是怎的？"八子妈肩上挂着一绺绺各种颜色的丝线。

"真做。"

"行,等我给您去说。"

过了好些日子,八子妈还是没去说。奶奶就又催她。

"您抽空儿给我说说去呀?"

"您还真要做呀?"

"真做。"

"您可真是的,儿子儿媳妇都工作,一月一百好几十块,总共四口人,受这份儿累干吗?"

"我不是缺钱用……"奶奶说。

奶奶确实不是为挣那几个钱。奶奶有奶奶的考虑,那时我还不懂。

小时候,我一天到晚都是跟着奶奶。妈妈工作的地方很远,尤其是冬天,她要到天挺黑挺黑的时候才能回来。爸爸在里屋看书、看报,把报纸弄得窸窸窣窣地响。奶奶坐在火炉边给妈妈包馄饨。我在一旁跟着添乱,捏一个小面饼贴在炉壁上,什么时候掉下来就熟了。我把面粉弄得满身全是。

"让你别弄了,看把白面糟踏的!"奶奶掸掸我身上的面粉,给我把袄袖挽上。

"那您给我包一个'小耗子'!"

"这是馄饨,包饺子时候才能包'小耗子'。"

可奶奶还是擀了一个饺子皮,包了一个"小耗子"。和饺子差不多,只是两边捏出了好多褶儿,不怎么像耗子。

"再包一只'猫'!"

又包一只"猫"。有两只耳朵,还有点像。

"看到时候煮不到一块儿去,就说是你捣乱。"

"行,就说是我包的!"

奶奶气笑了:"你要会包了,你妈还美。"

"唉,你们都赶上了好时候。"我拉长声音学着往常奶奶的语调,"看你妈这会儿有多美!"

奶奶常那么说。奶奶最羡慕妈妈的是,有一双大脚,有文化,能出去工作。有时候,来了好几个妈妈的同事,她们"叽叽嘎嘎"地笑,说个没完,说单位里的事。我听不懂,靠在奶奶身上直想睡觉。奶奶也未必听得懂,可奶奶特别爱听,坐在一个不碍事的地方,支棱着耳朵,一声不响。妈妈她们大声笑起来。奶奶脸上也现出迷茫的笑容,并不太清楚她们笑的是什么。"妈,咱们包饺子吧。"妈妈对奶奶说。奶奶吓了一跳,忙出去看火,火差点就要灭了;奶奶听得把什么都忘了。客人们走后,奶奶的情绪一下子低落了,说:"你们刷碗、添火吧,我累了。"妈妈让奶奶躺会儿。奶奶不躺,坐在那儿发呆。好半天,奶奶又是那句话:"唉,你们都赶上了好时候。"爸爸、妈妈都悄悄的。只有我敢在这时候接奶奶的茬儿:"看你妈多美,大脚片子,又有文化,单位里一大伙子人,说说笑笑多痛快。""可不是嘛。我就是没上过学。我有个表妹……""知道,知道。"我又把话茬儿接过去:"你有个表妹,上过学,后来跑出去干了大事。""可不真的?"奶奶倒像个孩子那样争辩。

"您表妹也吃食堂？"我这一问把爸爸、妈妈全逗乐了。奶奶有些尴尬："六七岁讨人嫌。"奶奶骂我只会这一句。不知为什么，奶奶特别羡慕别人吃食堂，说起她羡慕或崇拜的人来，最后总要说明一句："人家也吃食堂。"

后来，1958年，街道上也办了食堂。奶奶把家里的好多坛坛罐罐都贡献了出去。她愿意早早地到食堂门口去等着开饭。中午，爸爸、妈妈都不回来，她叫我放了学到食堂去找她。卖饭的窗口开了，她第一个递上饭票去："要一个西红柿，一个……嗯……"她把"一个"咬得特别清楚，但却不自然；她有些不好意思，但又很骄傲似的。现在回想起来，她大概是觉得自己和那些能出去工作的人相仿了，可她毕竟又没出去工作过。

是在我上小学二年级的时候，那些日子，奶奶晚上总去开会，总不让我跟着。"又不是去看戏！"奶奶说，脾气变得很急躁。

我跟着奶奶看过不少老戏。奶奶做补花挣了钱，就请别人看戏，请八子妈，请姨奶奶，也请院里的另一个老太太，自然每次都得请我——她的"影儿"也得占一个座位。奶奶不会看戏，每次看戏之前都得请教那"另一个老太太"。那个老太太懂戏，也并非真懂，用现在的话说也就是个"名人爱好者"。什么梅兰芳、姜妙香、袁世海、张君秋……奶奶和我都是从她那儿得到启蒙的。我坐在剧场的椅子上睡觉，我是为中间的十五分钟休息来的；休息的时候小卖部卖酸梅汤，我使劲说渴，至少可以喝两瓶。奶奶是说："我年轻时候什么戏也没看过。"她大约是为补上这一课来的。平时胡同里几个老头儿、老太太在一块儿聊天，谁都比奶奶懂戏。奶奶什么事都要强。不过只有一回，奶奶和那个老太太是都看懂了，不是戏，是电影《祝福》。看完了，奶奶直哭，那个老太太也直哭。"那时候可不就是那么样儿。"那个老太太说。"可不就那么样儿。"奶奶说。两个人的眼睛都红红的。我不声不响地跟在奶奶身后走。最惨的不是祥林嫂最后摔倒在雪地上,而是她捐了门槛,高高兴兴地回来的时候。奶奶后来总爱给别人讲《祝福》,还是把"福"念成"斧"的音。不过她再也不愿意看那个电影了。

一天晚上,奶奶又要去开会,早早地换上了出门的衣服,坐在桌边发愣。

妈妈把我叫过来,轻声对奶奶说:"今天让他跟您去吧,回来道儿挺黑的。小孩儿,没关系。"

我高兴地喊起来:"不就是去我们学校吗?我搀您去,那条路我特熟!"

"嘘——喊什么!"妈妈给了我一巴掌。妈妈的表情挺严肃。

我跑去找八子,我们俩早就想晚上去一回学校了。我们学校原来是一座大庙,八子说,晚上那儿的蛐蛐儿准少不了。

学校有好几层院子,有好几棵又粗又高的老柏树,院墙上长满了草,红色的灰皮脱落了很多。天还没黑，伏天儿在老柏树上"伏天儿——伏天儿——"地叫着。奶奶到紧后院去开会，嘱咐我们就在前院玩。这正合我们的心意，好玩的东西全在前院，白天被高年级同学占领的双杠、爬竿儿、沙坑，这会儿全空着。

"八子，真是跟你妈说了？"奶奶又问。

"真说了。"八子冲我笑。他才不用跟他妈说呢，他常常在外面玩到半夜，他妈顾不上管他。我常常为此羡慕八子。

我们先玩爬竿儿，我爬不过八子。又玩双杠，一人占一头，喊一声"开始！"各自从双杠上蹿过去抓对方，几个来回之后，我总是上气不接下气地被八子抓住。八子身体好，也跑得快。跟八子出去玩，我不用担心挨欺负，八子打架也特别厉害。

八子的功课一般，不像惠芬三姐，惠芬三姐很用功，还是少先队大队委。我也是班里的学习尖子，但我至今记得，一有算术比赛，八子的成绩总比我好。他就是不用功，不按时完成作业，语文总考六十几分。小学毕业时，我考上了一所名牌中学，八子只考上了三流学校。现在想想，八子的天资其实比我强，我纯粹是靠了奶奶的督促，靠爸爸妈妈总能在课后帮我补习。谁管八子呢？他晚上不是帮家里干活儿，就是跑出去疯玩。惠芬三姐是个例外，她不声不响地干活儿，又不声不响地读书。八子妈嫌她晚上读书费电，她就每天早早地起来在院子里用功。1965年，惠芬三姐考上了大学。那时候她戴上了眼镜，更漂亮了，文质彬彬的，有学问的样子。我真羡慕八子有这样一个姐姐。八子却不放在心上，总拿她的"四眼儿"开玩笑。惠芬三姐不屑于理他。八子也不太爱理惠芬三姐。

太阳落了。

"嚁——嚁嚁——"天完全黑下来时，蛐蛐儿果然不少。"嚁嚁——嚁嚁嚁——"东边也叫，西边也叫。我们顺着声音找，找到了一处墙根儿下。八子对准砖缝滋了一泡尿，一会儿，蛐蛐儿就蹦出来，在月光底下看得很清楚。八子很快就把蛐蛐儿逮住，看看，又扔了。

"老迷嘴，不开牙。"他说。

我们又找，找到一块大石头旁边，蛐蛐儿不叫了。八子示意我别出声，我们蹲在石头边静静地等，大气不出。蛐蛐儿又叫起来，"嚯嚯嚯——"八子笑了。

"哟，我没尿了。"

"我有！"我说。

"嘘！——小点儿声。冲这儿撒，对准了。"

逮到了一只好的。八子从兜里掏出一张纸，卷成纸筒，把蛐蛐儿装进去。

月光真亮，透过老柏树浓黑的枝叶，洒在院子里，斑斑点点。那么大的院子里只有我们俩。教室都是原来大庙的殿堂，这会儿黑森森的，静悄悄的，有点瘆人。星星都出来了。我想起了奶奶。八子逮起蛐蛐儿来入迷，撅着屁股扎在草丛里，顺着墙根儿爬。

我对八子说："我去看看后院儿有没有蛐蛐儿。"

紧后院的南房里亮着灯。我悄悄地爬上石阶，扒着窗台往里看。一排排的课桌前坐的全是老头儿、老太太。我看见奶奶坐在最后排，两只手放在膝盖上，样子就像个小学生。我冲她招招手。没看见，她听得可真用心。我直想笑。奶奶常说，她要是从小就上学，能知道好多事，说不定她早就参加了革命呢！"我说不定就从你们老史家跑出去了呢。我有个表妹，就是从婆家跑出去的，后来进了共产党……"奶奶老是讲她那个表妹，说她就是因为上过学，知道了好些事，早早地放了脚，跑出去干了大事。我又想笑了：奶奶跑起来是什么样呢？还是用脚后跟跑吗？……

讲台上有个人在讲话。讲台两边还坐着好几个人。有个女的老是给他们倒水喝。

我见过奶奶的那个表妹一回，只见过一回，在一个大楼里。奶奶紧拉着我的手，在又宽又长的楼道里走，东问西问。后来人家让我们在一间屋子里等着，屋子里有好多沙发，可奶奶不让我坐，她自己也站着。等了老半天，才来了一个女的，奶奶让我管她叫表奶奶……

讲台上的那个人讲个没完没了。

我还从来没有这么远远地望着过奶奶。她直了直腰，两只手也没敢离开膝头。这下您知道上学的滋味儿了吧？我又在心里笑。奶奶每天晚上都抱着那本扫盲课本念，有一课是《国歌》，她老是把"吼声"念成"孔声"。"又是孔声！"连我都能提醒她了。她挺难为情，声音变小，慢慢又大起来，念到"吼声"的时候声音又变小，停好一阵，大概是在心里重复……

就在这时候，我忽然听清了讲台上那个人讲的话："你们过去都是地主、富农，都是靠剥削农民生活，过的都是好逸恶劳、光吃不做的剥削阶级生活……"

什么？再听。

"……地、富、反、坏、右，你们是占的前两位。今后呢？你们还是要认真改造自己……"

我赶紧离开窗台，站在台阶下不知该干什么，脑袋里"嗡嗡"的。地主？奶奶也是地主？

八子来了:"嘿!看,六个!"

我应了一声,赶紧往前院走。

"后院儿有吗?你怎么啦?"

"后院儿没有,咱们还上前院儿吧。"

"前院儿都没啦!"

"那,咱们玩儿爬竿儿去吧。"我拉着八子紧往前院走,我怕他也听见……

奶奶拿回来一个白色的卡片。爸爸、妈妈围在奶奶身边看,样子倒像是很高兴。奶奶直擦眼泪。

"这回就行了,您就甭难受了。"爸爸说。

"就是说,您跟大伙儿都一样了,也有选举权了。"妈妈说。

我趴在床上不说话。这是怎么回事呀?我又不敢问。

"跟了你们老史家,唉……"奶奶又是那句话,说话的声音也有些颤抖,"解放前我也没过过一天舒心日子呀,比老妈子能强多少……"

"您可不能这么想。"妈妈说,"您过的日子再不舒心，也是衣来伸手，饭来张口呀！工人、农民呢？人家过的什么日子？"

奶奶的脸腾地红了，慌忙点头："我知道，我知道。我就那么一说。人家过得牛马不如，这我都知道。"

过了一会儿，奶奶又对爸爸说："你还记得给老史家扛活的刘四吗？后来得肺病死了，剩下刘四媳妇带着仨孩子……那时候我也是自个儿带着你们仨。我就跟你大哥说过，真要是分了家，咱们这份儿由我做主，我就把那一亩多地给了刘四媳妇……"

"您可也别总说这事儿。"妈妈又说，"那是因为您有，不在乎那一亩多。"

奶奶愣了一会儿，说："可不也是，让我都给，我准不干。还不是剥削思想？"

"行了，"爸爸弹弹那张白卡片说，"这回您就过舒心日子吧。"

奶奶把白卡片用一条新毛巾包起来，说："打解了放，没什么人告诉我，我也是爱这新社会。我可不想再受你们老史家的气……哟，这孩子八成儿着凉了吧？我说不带他去……"奶奶才发现我蔫蔫地趴在床上，忙打住话头，哄我去睡觉。

奶奶摸摸我的头："不烧。准是玩儿累了。"

奶奶给我打来洗脚水，又摸摸我的头："明儿奶奶给你包饺子，扁豆馅儿的，爱吃吗？"奶奶也好像高兴起来了。

直到半夜我还没睡着。我听见奶奶总翻身，大概也没睡着。我不敢动，我怕奶奶知道我在想什么。窗外，海棠树的叶子轻轻地摇晃，露出几颗星星。奶奶怎么会是地主呢？我想起过去奶奶给我讲《半夜鸡叫》的时候……"周扒皮就靠剥削人过日子。"奶奶说。"什么叫剥削呀？"我问。"就是光吃饭不干活儿。""那我是吗？""你不是，你还小。""那您是吗？"……真的，奶奶那时就不说话了，是爸爸把话接了过去："奶奶不是做补花吗？奶奶老了，我们工作养活奶奶。"……唉，我心里乱七八糟的，一宿都没有睡安稳。海棠树的叶子不动了,仍然看得见那几颗星星……

有好几年,我心里总像藏着个偷来的赃物。听忆苦报告的时候,我又紧张又羞愧。看小说看到地主欺压农民的时候,我心里一阵阵发慌、发闷。我也不再敢唱那支歌——"汗水流在地主火热的田野里,妈妈却吃着野菜和谷糠……"过队日时,大家一起合唱,我的声音也小了。我不是不想唱,可我总想起奶奶,一想起奶奶,声音就不由得变小了。奶奶要不是地主多好啊!

我是解放后出生的,但还赶上了一些旧北京的"尾巴"。大人们都说我记事早。那时候,从早到晚,走街串巷做小买卖的和耍手艺的不断。

一清早,就有挎着笸箩卖烧饼馃子的,挎着小一点的笸箩卖烂糊芸豆的,挑着挑儿卖老豆腐的。卖烂糊芸豆的还有一块布,你要是多花一分钱,他就把芸豆包在布里,给你捏成一个小芸豆饼。奶奶有时候给我买一小碗芸豆,但绝不让捏成饼,说他那块布"一点儿都不干净"。我就是想要一个芸豆饼,于是哭、闹。奶奶找来一块干净布,自己给我捏。我还是哭,还是闹,说那根本不是芸豆饼,跟卖的一点儿都不一样。奶奶就说:"再不听话,你长大了也去卖芸豆!那个卖芸豆的老头儿就是从小不听话,长大了没出息,去卖芸豆。"

那时候,我们家住在东直门北小街附近。北小街再往北就出了城,很荒凉,破城墙、护城河边长满了荒草,地坛附近全是乱坟岗子,再走就是农村了。总有些赶大车的、拉排子车的从城外来,从北小街走过。马蹄子踩在地上"咕唧咕唧"的。在我的印象里,北小街永远是满地泥泞、满地马粪。马的鼻子里喷着白气,赶车的人穿得很破、很脏,"哦——哦——"地喊着。我心里挺怕。奶奶拉着我的手站在路边,就又对我说:"看你听话不听话,那些赶大车的就是从小不听话,长大了就得去给人家赶大车。"

奶奶总这么说。中午,修理雨伞旱伞的在街

上吃喝,我又闹着不睡午觉,我愿意看那个人用猪血把一条条的高丽纸粘到伞上去。一会儿,磨剪子磨刀的又在外面吹喇叭,"呜哇——",我又想看那个喇叭。奶奶就又是那些话,要么是"不听话就得去磨刀",要么是"那个修理雨伞的就是因为不听话,才那么没出息"……

自从知道了奶奶是地主(后来我又入了少先队),想起这些事,我心里就对自己说:奶奶可不是看不起劳动人民吗?

可是还有另外一些事,让我没法儿解释。也是我很小很小时候的事。门口来了一个买破烂的女人,敲着一个像瓶子盖似的小鼓儿,背着一个柳条筐,筐里还站着一个比我还小的女孩儿。奶奶拿了几件破衣服交给那个女的。"您要多少?"那女的问,翻来覆去地查看那几件破衣服。"这衣裳可还不算破。"奶奶说。"还不破?您瞧这袖子,这肩膀儿!顶多值……"那女的笑笑,说了个价儿。"那可不卖。"奶奶要收回那几件衣服。那女的抓着衣服不撒手:"那您说个价儿。"奶奶又说了个价儿。"唉，您指着它发财哪？行啦，算我亏本儿！"那女的把衣服扔到筐里，然后慢慢地掏钱。奶奶摸摸筐里那个小女孩儿的脸蛋儿，奶奶就喜欢女孩子。"多大啦？"奶奶问那女的。"两生儿。""几个？""仨，仨丫头！""她爸做什么？""没了。"那女的把钱递到奶奶手里。奶奶忽然不言声儿了，愣怔地看着那娘儿俩。她们穿的衣服一点不比筐里的衣服好。那女的背起筐来要走，奶奶又把她叫住。奶奶回屋里拿了两件我穿小了的衣服来，给那个女的："这可不破，我们这孩子穿着小点儿了。""您要多少？""不是，"奶奶说，"您要不嫌，就给您这小闺女儿穿吧。""哎哟，那敢情……"那女的把衣服在小女孩儿身上比比，笑着："大妈您瞧，还真挺合适的……"我心里真高兴，又"呱嗒呱嗒"跑回屋去，把我的好几件衣服都抱来。奶奶的眼圈直发红。那女的已经走了。为这事，奶奶总对爸爸妈妈夸我，说："这孩子大了心眼儿错不了。"

也许这又像妈妈说的,是因为我们有吧?可是我总觉得,奶奶的心肠绝不像个地主。周扒皮会那样吗?

不过,奶奶还是像个地主。住在北小街的时候,逢年过节,奶奶总把爷爷的旧照片摆在桌上,照片前摆两盘点心。我没有见过爷爷,妈妈说她也没见过。照片上的那个男人穿一身缎子衣服,还戴个瓜皮帽,真像黄世仁,也像穆仁智。我想吃块点心,奶奶不让,说那是给爷爷的。

"这个人长得真难看。"我说。

"咳,不许瞎说!"奶奶把我从照片前拉开。

我还是远远地望着那照片:"他怎么长得那样儿呀?"

"他是你爷爷。"

"他是我爸爸的爸爸?"

"嗯。"

"他是您的什么呀?"

奶奶又被逗笑了:"去问你妈,你爸爸是你妈的什么。"

我跑去问,回来告诉奶奶:"是爱人。"

奶奶不言语,像是想着别的事……

奶奶那会儿不是在思念"失去的天堂"吧?上四年级的时候,我开始懂得了"阶级敌人总是思念他们那已经失去的天堂",就这么想。不过自从我上了小学以后,奶奶已经不再供爷爷的照片了。

唉,奶奶是地主,这个念头总折磨着我。睡觉的时候,我不再把头扎在奶奶脖子底下了。奶奶以为我是长大了,不好意思再那样了。只有我自己知道是为什么。而且我心里也明白:我还是跟奶奶好——这想法更折磨人。星星还是那些星星,在树叶间闪亮。奶奶会死吗?想到这儿,我还是害怕……

经常有个老头儿到我们家里来。奶奶让我管他叫表爷爷。一身农村人的打扮,说是从河北老家来。我很少叫他"表爷爷",心里只管他叫"馋老头儿"。他一来就盘腿往床上一坐,喝茶、抽烟,满地上吐黏痰。奶奶就得去给他买肉、打酒。有一次爸爸小声对妈妈说话,让我听见了:"要说地主,他才真是地地道道的地主呢。"怪不得他这么讨厌呢,我想。

"馋老头儿"夹一块肉、喝一口酒,谁也不让,好像他就应该到这儿来吃,来喝。

奶奶坐在他对面,陪他说话。

依我看,这"馋老头儿"说的全是反动话。

"老嫂子,您猜怎么着?"他说,"现在难得喝这么口好酒了。有钱你也不敢这么买着喝。"

"是你劳动挣来的钱,你就甭怕。"奶奶说。

"那倒也是。您猜怎么着?村儿里对我还真不错,瞧我这岁数,让我喂牲口。活动活动,身子骨儿倒结实了。"

"你可得好好儿的。"

"那是。再者说了,你不好好给人家干也得行啊?"他喝得满脸发红,"嗞儿咋"地响。

"给人家干?"奶奶不满意地斜了他一眼,"你这是给自个儿干。过去人家才是给你干哪!"

"说的是,说的是。"那"馋老头儿"连连点头，低头光是吃，不言语了。

"你的帽子摘了吗？"半天，奶奶又问。

"摘了，头年就摘了。"

什么帽子？摘什么帽子？那时我还不懂。

"老嫂子，您猜怎么着？我还真是心服口服。可不是吗？一样爹妈生的，肉长的，凭什么你就光吃不干呢？……"他好像再找不出什么词儿来表白了，又说，"我可不像史五爷那么混横儿不说理。"

"史五爷怎么着？"

"还戴着呢。老话儿说了，得人心者得天下，共产党就是得了人心。你史五爷逞能，有你的好儿？"

我越听越糊涂，这家伙到底是不是地主？也许他是装的？可又不像。不过我还是讨厌他，老是满地吐黏痰。还有，一来就吃肉、喝酒，电影里的地主就那样。奶奶还老给他喝。唉，可不是吗？奶奶也是地主呀！……

有好几年，对这件事我心里总是惶惶的。我

希望那是假的，但愿是那个晚上我听错了。我去想奶奶做过的事，说过的话，一会儿觉得奶奶真是有点像地主，一会儿又觉得一点也不像。我几次想问妈妈，又怕妈妈真说是。我真想找个人说说。我跟八子说了。八子听了一愣，然后直笑："你别瞎说了，奶奶要是地主我死了去！"八子也管我奶奶叫奶奶。"真的，我亲耳听见的。"我说。"准保是你听错了。""也许是。"我说，心里轻松了许多。八子又说："解放前才有地主呢，现在哪儿有哇？"我的心又一阵子紧："说的就是解放前。""反正我敢说，奶奶不是！"八子又拍拍自己的胸脯："要是，我死去！"八子说得那么肯定，我觉得周围的空气都明澈了许多。那是个夏天的中午，院子里静悄悄的。海棠已经有红的了，梨还是青的，树荫下好凉快。八子揉着一团儿面筋。我们常用面筋去粘树上落的蜻蜓。把面筋放在竹竿的顶端，把竹竿慢慢升高，接近正在"做梦"的蜻蜓，"扑噜噜"，蜻蜓使劲扇动翅膀，但已经被粘住，跑不了啦……奶奶不会是地主，奶奶还总让我教她唱《社会主义好》呢。奶奶不会是地主，妈妈从单位里借来一张桌子，奶奶总是把热锅什么的放在我们家自己的桌子上，说"可别把公家的桌子烫坏了"，她怎么会是地主呢？……

1966年，我快十六岁了，早已经过了入团的年龄。可我却总入不上。爸爸、妈妈才跟我讲了奶奶的事。

"你知道奶奶的成分是什么吗？"

我心里"轰"的一阵紧张，不吭声。

"你大概已经知道了吧？"

我说不出话来。

奶奶的娘家并不是地主，是个做小买卖的——开一个卖棉花兼弹棉花的小店，总共一间半门脸儿。奶奶从小长得漂亮，父母指望能靠她发财，立志要把她嫁到富贵人家去。那时代，在一个小县城，要想做成富贵人家的贤妻良母，需要长得漂亮，需要把脚裹得特别小，需要会做各种针线活儿，需要会看公婆和男人的眼色……惟独不需要念书识字，"女子无才便是德"。所以奶奶不能像她的弟弟、妹妹那样去上学，也注定了要有一双小脚儿，要学会恭谦、驯顺、忍气吞声。为什么呢？只是因为奶奶长得好，只是因为她的父母希望攀一门阔亲戚。

父母的愿望竟真实现了。十七岁，奶奶嫁到了老史家。史家是全县的首富，全县将近一半的土地都姓史。不过史家要的仅仅是一个漂亮而且贤惠的儿媳妇，奶奶的父母照样开着那一间半门脸儿的小棉花店。奶奶的父母惟有想到女儿是走了运，才觉得多年的希望没有全落空。

奶奶可真是"走了运"，上有公公、婆婆，下有一大群小叔子、小姑子；公婆之上还活着一对老公公、老婆婆。奶奶既是儿媳妇，又是孙子媳妇。伺候了这个伺候那个，给这个磕了头给那个鞠躬，听完了这个的申斥再去给那个赔不是，似乎老史家主要是缺一个老妈子，缺一个挨骂的，缺一个出气筒，才把奶奶娶过来的。只有奶奶的婆婆还算通些情理，因为她也是那么熬过来的，而且还没熬完。

"你看过《家》吗？"爸爸问我。

我点点头。

"就是那样。那种大家庭都是那样儿。奶奶的地位比使唤丫头也差不多。"

奶奶病了，但是在那个大家庭，专为孙子媳妇做些可口的饭菜，等于是造反。奶奶的父母给奶奶送来些点心，但是得交到老公公那儿去。老地主还稀罕几块点心？但这是规矩。

我听奶奶说起过这件事，奶奶根本没见到那几块点心，奶奶的婆婆说了一句："人家娘家送来的，她又病着……"于是也遭了一顿训斥。

"你还记得《家》里瑞珏是怎么死的吗？"

我又点点头。

"奶奶生第一个孩子的时候就是那样。老公公、老婆婆不让找大夫，更甭说去医院，他们舍不得花那份儿钱……"

在伯父前头，我还应该有个姑姑的。我记起

来了,奶奶常念叨她那个闺女,"模样儿可俊了,要不是你们老史家,那孩子何至于死呀!"奶奶喜欢女孩子,就是因为她没个闺女。一看见别人的闺女,她就眼热,就想起自己那个死了的女孩子。所以奶奶对妈妈特别好,把妈妈当亲闺女看。

"不是因为别的,因为那是规矩。"爸爸说,"就像你老太爷,出门儿几十里,一泡屎也要憋回来拉到自家的地里。因为那是规矩。那个社会,可笑和可恨的规矩太多了。"

奶奶生了三个儿子:伯父、父亲、叔叔。叔叔还不到一岁,爷爷就死了。爷爷一死,奶奶在那个大家庭里就更没有地位了,没有权也没有钱。想给自己做件衣服,还得打着三个儿子的旗号去跟公公要。算计来算计去,要是能从给三个儿子做衣服的钱里省出一点来,自己才能做件汗衫。大概惟因奶奶生了三个儿子,都是史家之后,奶奶才仍然能在老史家吃饭吧。

奶奶还不如让老史家给轰出去呢,我想,那样奶奶现在也就不是地主了。

其实奶奶给他们干的活儿也足够换来一天三顿饭了。无论什么时候，奶奶总得伺候得公公、婆婆、小叔子、小姑子以及儿子们都吃了饭，她自己才能吃。老妈子也不过如此了，老妈子也是永远吃剩饭。

奶奶真想离开那个家。奶奶的表妹就是不堪忍受那种日子，跑出去参加了共产党。可是奶奶的表妹上过学，碰巧知道了有共产党，奶奶知道什么呢？她想跑也不知道往哪儿跑。再说她也不敢跑，连改嫁她都不愿意，她要守节，她受的就是那种教育。奶奶从二十几岁守寡到今天。

她只盼着儿子们都长大。伯父稍大一点，奶奶壮着胆子提出了分家的要求，但立刻遭到公公的痛骂。小姑子、小叔子也旁敲侧击："嫂子，您要是想改嫁也行，家不能分！"对奶奶来说，这话是最大的侮辱了。奶奶只有自己偷偷地掉眼泪。再说，离开老史家，三个儿子怎么上学呢？上不起。也许是受了她那个表妹的影响，奶奶执意要三个儿子都上学，而且都要上到大学。吝啬而且迂腐的老地主，连屎都要拉到自家地里，自然不忍心把钱送到学校去，奶奶豁出去了，吵、闹，骂他们欺负孤儿寡母。奶奶竟然变得那么勇敢！可不是，奶奶还怕什么呢？她全部的心愿就是她的三个儿子。她不愿意三个儿子将来跟自己似的，更不愿意三个儿子将来跟老史家的人似的。她只知道上学好，她的表妹好，她的表妹之所以好，就是因为上过学。她那时候不知道别的……

我的心一阵阵发疼。我想起奶奶夜里睁着眼睛想事的样子；想起她的叹气声；想起了她的脚；想起她捧着爸爸给她买的扫盲课本，在灯下一字一顿地念，总是把"吼声"念成"孔声"……

"她干吗算地主？"

"她吃了剥削饭。"

"她给老史家干的活儿就不算啦？"我那时真小。

"那是历史，历史造成的。"爸爸说。

唉，历史！"那现在呢？"

"早就不算地主了。奶奶改造得好，早就摘了地主帽子。再说，奶奶干吗不爱新社会呢？她这一辈子，真正有了自由，真正过了舒心的日子，倒是在解放后。现在奶奶和大伙儿都一样了……"

我松了一大口气，在心里骂了一句最难听的话，骂那个"老史家"。

奶奶知道爸爸、妈妈把她的事告诉了我，见了我还有些难为情，又说要给我包扁豆馅饺子，小心地注意着我的反应。

我心里又高兴又难过，不知道说什么好，只说："包吧。"语气倒像是很勉强。

奶奶转悠过来转悠过去，不说话，偷偷地观察着我的表情。我一看她，她就又把目光躲开。我很想开句玩笑，打破这尴尬的气氛，又想不出逗乐的话。

直到晚上睡觉的时候，我又把头扎在奶奶的脖子底下。

"这么大了还……没臊!"奶奶说。

我觉出她也松了一口气。奶奶的观察力实在是末流的,她难道没有注意到,我有好几年没把头扎在她脖子下了吗?

奶奶活了七十三岁,真正舒心的日子只有那么几年,就是从摘了地主帽子到"文化大革命"开始之前的那七八年。那些年,她整天都很忙,整天都很高兴。她要给全家人做饭,做补花,还要负责全院的清洁卫生。奶奶是全院的卫生负责人。我还记得别人把写了她名字的小红纸条贴在院门上时,她是多么不好意思,又是多么掩饰不住地高兴。为这事她得罪了八子妈,八子家的卫生总是搞不好。

奶奶买了一把长把笤帚,扫起院子来不用弯腰。她的腰和背还是老酸疼。早晨,人们纷纷出门上班的时候,奶奶去扫院门前的街道,和所有过往的街坊们打招呼。她愿意被人们看见。说她爱虚荣也行,说她是显摆也对,她把门前扫得很干净。然后她就冲八子和我喊："可别再糟踏啦，啊？奶奶刚扫完！"确实是喊给别人听的，但那声音中也确实流露着舒心的骄傲。

奶奶坚持做补花。有时候活儿催得紧，她一直要做到半夜去，急得她就像小学生完不成作业那样。全家人谁也帮不上忙，跟着着急。有一次妈妈说："我看您就辞了这活儿吧。""敢情你们都有工作！"奶奶喊。奶奶从没有对妈妈喊过，吓得全家都不敢言语。奶奶盼望能进补花厂，但她知道没什么可能，她的岁数太大了，人家不会要。她总埋怨八子爸不让八子妈进补花厂。"趁她还年轻，你就让她去得了。要不赶明儿后悔一辈子！"奶奶对八子爸说。八子爸笑笑："是我不让她去吗？""去不了，"八子妈赶紧说，"这几个'劳神精'谁管？"奶奶又说八子爸："让你要这么多！""是我生的吗？"八子爸抽着烟笑。"不要脸！"八子妈骂。

活儿不紧的时候，和八子妈，还有其他几个妇女一块儿做补花，是奶奶最高兴的时候。她们互相称"老刘""老魏""老林"。奶奶是"老方"。奶奶非常喜欢这种称呼,在家里也"老刘""老魏"地念叨,是因为新奇,更透着自豪和满足。"我们老姐儿几个有说有笑的,也不觉着累。"奶奶说。"老了老了,没承想还赶上了好时候。"奶奶说。"唉,你们生的是时候呀!我还有几天儿?"奶奶也常流露出遗憾。

星星。星星。星星。星星……

哪一颗星星是奶奶的呢?

我知道,奶奶是真心爱这新社会的。

那些星星都是死去的人变的,是为了给活着的人把夜路照亮……

"文化大革命"一开始,奶奶又戴上了一顶"帽子",不叫地主,叫"摘帽地主"。其实和地主一样,占"黑五类"之首。所不同的是,"摘帽地主"更狡猾些。一个地主,竟然能够"摘帽",显见其伪装是何等的高明,其用心是何等的险恶,对社会主义的威胁是何等的不可低估。而且这也成了"刘邓路线"的罪行之一。

奶奶先是不能再做补花了。社会主义的工作怎么能给一个地主呢？后来，也不能再当院里的卫生负责人了。权力当然更重要。

奶奶倒没有哭，她吓傻了。爸爸、妈妈也吓傻了。好多人都吓傻了。好多吓傻了的人也都在做着傻事，做傻事时的样子也都足以把别人吓傻。

先是惠芬三姐从学校里回来，用了半天时间，把院子里的花全刨了。接着是北屋宋家几个闺女把自己家的硬木大立柜抬到院当中，用斧子给劈了。爸爸也偷偷地烧了几本书。奶奶整天躲在屋子里，掀开一角窗帘往外看；也不怎么做饭，顿顿下挂面。传说垃圾站发现了好几根金条。街道积极分子们怀疑是我们院里的人扔出去的，一是因为我们院离垃圾站近，二是因为我们院里除了八子家成分好，其余的都是"黑九类"。

惠芬三姐当了红卫兵，一身军装，扎一条武装带，长辫子剪了，剪成了短发。说实在的，我觉得她更漂亮了。

我在学校里也想参加红卫兵，可是我出身不是"红五类"，不行。我跟着几个"红五类"的同学去抄过一个老教授的家，只是把几个花瓶给摔碎，没别的可抄。后来有个同学提议给老教授把头发剪成"阴阳头"。剪没剪我就不知道了，来了几个高中同学，把非"红五类"出身的人全从抄家队伍中清除出去了。我和另几个被清除出来的同学在街上惶然地走着，走进食品店买了几颗话梅吃，然后各自回家。

院里很乱，惠芬三姐带了好几个大学的红卫兵，挨家挨户地搜查。像是全院大扫除，各家的东西都摆到了院子里。我们家里也都空了，爸爸、妈妈和奶奶坐在凳子上低声说着什么，很恐怖、很警觉的样子。

"真是没想到。"妈妈说。

"平时看着可是挺老实的人。"奶奶说。

"您可别再这么说了，老实人会藏这些东西？"

"谁呀？藏了什么？"我问。

原来是惠芬三姐带着人从那个最懂戏的老太太家抄出了两箱子绸缎、一盒子金银首饰，还有一本书，书上有蒋介石的像。

"在哪儿呢？"

"已经送走了，连东西带人都送走了。"

我隔着窗户往外看。又来了几个红卫兵，惠芬三姐正和一个挺高挺魁梧的男的说话，嗓门儿很大。她过去可从来不大声说话的。她还说了一句"×他妈的"，从表情上看好像她并没有那么说。也许是我听错了？我们学校的那些女生也都那么说了。我觉得我们男生那么说说还可以……

妈妈让我回学校去住。我上中学的时候住校。妈妈说："这一阵子先不要回家，有什么事我去找你。"妈妈给了我三十块钱、六十斤粮票，看来够两个月的伙食费了。

晚上，我蹬上我那辆破自行车回学校。我兜里第一次掖了那么多钱、那么多粮票。路上冷冷清清的。已经是秋天了。自行车轧在干黄的落叶上"嚓嚓"地响。路灯的光线很昏暗,影子从车轮下伸出来,变长,变长,又消失了。我好像一时忘记了奶奶,只想着回到学校里该怎么办。那条路很长,全是落叶……

一天,妈妈到学校来找我,对我说,要是想回家就到她的单位去,她在那儿找了一间房;奶奶已经回老家了。

"什么时候?"

"前天。"

"怎么啦?"

"没怎么。我们怕出事,和你爸爸商量,不如先让奶奶到老家去。"

我倒是松了一口气。那些天听说了好几起打死人的事了。不过坦白地说,我松了一口气的原因还有一个:奶奶不在了,别人也许就不会知道我是跟着奶奶长大的了。我生怕班里的红卫兵知道了这一点,算我是地主出身。

"过些时候,我就去看你奶奶,再给她送些东西去。"妈妈说,声音有些抖。

忘记是为了什么了,我又回了一趟家(可能是为了拿一件什么东西)。院里已经面目全非了。花没了;地上刨得乱七八糟的,没人管;每棵树上都钉上了一块语录牌;搬来了好几家新街坊。八子家也搬走了,听说搬到胡同东头的一个大院子里去了。那儿原来住着个资本家,被轰走了,空下来不少好房。

我走进屋里,才又想到,奶奶走了。屋里的东西归置得很整齐,只是落满了灰尘。奶奶不在了。奶奶在的时候从来没有灰尘。那个小线笸箩还在床上,里面是一绺绺彩色的丝线,是奶奶做补花用的。我一直默默地坐着。天黑了。是阴天,没有星星。奶奶这会儿在哪儿呢?干什么呢?屋里没有别人,我哭了。我想起小时候,别人对奶奶说:"奶奶带起来的,长大了也忘不了奶奶。"奶奶笑笑说:"等不到那会儿哟!"……海棠树的叶子落光了,没有星星。世界好像变了个样子。每个人的童年都有一个严肃的结尾,大约都是突然面对了一个严峻的事实,再不能睡一宿觉就把它忘掉，事后你发现，童年不复存在了。

接着是轰轰烈烈的两三年。我时常想起奶奶。但史无前例的事太多，听也听不过来，想也想不过来。不断地把人打倒，人倒不断地明白了许多事情。打人也是为革命，骂人也是为革命，光吃不干也是为革命，横行霸道、仗势欺人，乃至行凶放火也是为革命。只要说是为革命，干什么就都有理。理随即也就不值钱。

接着是上山下乡。抡镢头的为革命而抡镢头；养妾选美的为革命而养妾选美；饥寒交迫的为革命而饥寒交迫；挥霍无度的为革命而无度地挥霍。革命又是为了什么呢？

我在延安插队的时候，妈妈来信说奶奶回来了，奶奶岁数太大了，农村里没她干的活儿，公社给了证明，说奶奶改造得好，态度非常老实。奶奶又在北京落下了户口。

1972年我也转回了北京。那年奶奶七十岁，头发全白了。爸爸、妈妈又都到云南干校去了，又剩了我跟奶奶。或者说是，奶奶跟着我。我已经二十出头了。我懂得了什么是历史。很多事情并非是因为人怎么坏，而是因为人类还没有弄明白那些事情为什么是坏。譬如说奶奶，她还不明白地主为什么坏，就注定是地主了。也可以说这是命运，但革命不正是为了把全人类都从那种厄运中解放出来吗？

但那还是1972年。

我回到北京的时候是半夜。在车站坐了半宿，到家的时候天还不亮。我推推院门，院门开了。我推推屋门，门上有锁。我一愣。院里的人还都没起，很静，谁家屋里传出响亮的鼾声。奶奶这么早上哪儿了呢？还是那四棵树，一棵梨树，三棵海棠，但树叶都被虫子咬得斑斑驳驳的。院里盖起了好几间小厨房，歪七扭八，灰压压的。

北屋门一响，宋家老头儿出来了："哟，你回来啦？你奶奶这几天净念叨你呢。"

"我奶奶这么早上哪儿了？"

"你没瞧见？就在外头扫街哪。"

我跑出院门。远远的晨雾中，有一个人影，用的是长把笤帚，是奶奶。后来我才知道，奶奶这么早来扫街，是为了躲过人多的时候，怕让人看见。她现在是以一个地主的身份在扫街，在改造，不像当年那样是卫生负责人。

奶奶见了我可是立刻就哭了。

我把奶奶搀进屋，劝她，安慰她。我才不说"这是群众运动，您应当理解"呢！她怎么会理解呢？多少大人物不是都不理解吗？只是当我说到"群众的眼睛是亮的"的时候，奶奶才不哭了，连连点头，说街坊邻居对她都不错，街道积极分子对她也不错，居委会主任还偷偷劝她别往心里去，扫起街来也得悠着点儿。奶奶扫街总是超额，甚至加倍。

"还记得八子吗？"奶奶问我。

"当然。"我早就听说八子这几年在街上很出名，外号叫"八爷"，一般的流氓小偷都服他。八子没有去插队。

"可不是吗，唉！可是他见了我，还是管我叫奶奶。"奶奶说。这似乎使她非常感动。

奶奶又说："没人的时候我跟八子说，可得好好的，要不将来后悔一辈子。他倒是低头儿听着。别人说他，他连听都不听呢。"

"他进工厂了？"

"没有。先前他想进工厂，人家说他不去插队，不给他分配。这会儿人家给他分配了，他又嫌工作不好，不去，等着。他可倒也不缺钱花，又抽烟，又喝酒。他还老跟我说：像您这么老实管什么用！"

"惠芬三姐呢？"

"咳，还提惠芬呢！分配在外地，二十七八了，还没个对象。她那个对象武斗的时候死了，惠芬总还是想着那个人，时常说点子不着边儿的话，说不是那个人她就不结婚……可那个人都死了好几年啦。这都是八子跟我说的。头些日子，我扫街时候碰上了惠芬，她头也不抬。八子说，她不是光不理我，谁她都不理……"

我想起1966年查抄"四旧"的时候了，在院子里，惠芬三姐和一个男大学生说话，那男的又高又魁梧，他会不会就是惠芬三姐的对象呢？

唉！"奶奶，咱们包扁豆馅儿饺子吧！"我说。世上的事都想明白了好像也不符合辩证法。

"行啊！"奶奶高兴起来，"我给你钱，你去买肉馅儿吧。"

妈妈给我写信的时候就说，回了北京好好照顾奶奶，想办法给奶奶弄点好的吃。奶奶一个人老是熬粥、吃馒头、炒白菜什么的；她不愿意去买肉，怕让人看见说她没改造好。

"您管他那些呢！"我说，"肉铺里卖肉就是为让人吃的。革命就是为让所有的人都过好日子！"

"可还有好些人连馒头、炒白菜都吃不上呢。老家的人，好些贫下中农，吃也吃不饱。"奶奶一本正经的神气。

我真得承认：奶奶的觉悟比我高。我开了个玩笑："您可不能这么说。您说贫下中农现在还吃不饱,那还行?"

奶奶吓坏了,说不出话来。可不?在那些年,这可不是玩笑。

最后这几年,奶奶依旧是很忙。天不亮就去扫街。吃了早饭就去参加街道上办的"专政学习班"。下午又去挖防空洞。

"您这么大岁数,挖什么呀?还不够添乱的呢!"我说。

奶奶听了不高兴:"我能帮着往外撮土。"

"要不我替您去吧。我挖一天够您挖十天的。我替您去干一天,您就歇十天。"

"那可不行。人家让我去是信任我。你可别外头瞎说去。好不容易人家这才让我去了。"

奶奶还是那么事事要强。

最让奶奶难受的是人家不让她去值班。那时候,无论春夏秋冬,不管刮风下雨,北京所有的小胡同里都有人值班。绝大多数是没有工作的老头儿、老太太,都是成分好的,站在胡同口,或拿个小板凳坐在墙角里，监视坏人，维护治安。每个人值两个小时，一班接一班。奶奶看人家值班，很眼热，但她的成分不好。

一天，街道积极分子来找奶奶，说是晚10点到12点这一班没人了，李老头儿病了，何大妈家里离不开，一时没处找人去，让奶奶值一班。奶奶可忙开了，又找棉袄，又找棉鞋。秋风刮得挺大。

"真要是有坏人，您能管得了什么？他会等着让您给他一拐棍儿？"

"人家这是信任我。"

"就算您用拐棍儿把他的腿钩住了，他也得把您拉个大马趴。"

"我不会喊？"

"我替您去吧。"

"那可不行！"奶奶穿好了棉衣，拿着拐棍儿，提着板凳，掖着手电筒，全副武装地出了门。

我出门去看了看。奶奶正和上一班的一个老头儿在聊天。还不到10点。两个人聊得挺热火。风挺大，街上没什么人。那老头儿在抱怨他孙子结婚没有房……

10点刚过,奶奶回来了。

"怎么啦?"

奶奶说:"又有人接班了。"脸色挺难看。

"有人了更好。咱们睡觉。"

奶奶不言语,脱棉袄的时候,不小心把手电筒掉地上了,玻璃摔碎了。

"您累了吧?我给您按摩按摩?"

奶奶趴在床上。我给她按摩腰和背。她还是一到晚上就腰酸背疼。我想起小时候给奶奶踩腰,觉得她的腰背是那样漫长。如今她的腰和背却像是山谷和山峰,腰往下塌,背往上凸。

我看见奶奶在擦眼泪。

"算了,什么大不了的事儿!"我说。

"敢情你们都没事儿。我妈算是瞎了眼,让我到了你们老史家来……"

海棠树的叶子又落了,树枝在风中摇。星星真不少,在遥远的宇宙间痴痴地望着我们居住的这颗星球……

那是1975年，奶奶七十三岁。那夜奶奶没有再醒来。我发现的时候，她的身体已经变凉。估计是脑溢血。很可能是脑溢血。

给奶奶穿鞋的时候我哭了。那双小脚儿，似乎只有一个大拇指和一个脚后跟。这双脚走过了多少路啊。这双脚曾经也是能蹦能跳的。如今走到了头。也许她还在走，走进了天国，在宇宙中变成了一颗星星……

现在毕竟不是过去了。现在，在任何场合，我都敢于承认：我是奶奶带大的，我爱她，我忘不了她。而且她实在也是爱这新社会的。一个好的社会，是会被几乎所有的人爱的。奶奶比那些改造好了的国民党战犯更有理由爱这新社会。知道她这一生的人，都不怀疑这一点。

当然，最后这几年，她心里一定非常惶惑。我不能原谅自己的是这样一件事：那时每天晚上，奶奶都在灯下念报纸上的社论。在那个"专政学习班"里，奶奶是学得最好的一个。她一字一顿地念，像当年念扫盲课本时那样。我坐在桌子的另一边看书。显然是有些段落她看不大懂，不时看看我，想找机会让我给她讲一讲。我故意装得很忙，不给她这个机会，心想：您就是学得再好，再虔诚些，人家又能对您怎么样？那正是"反击右倾翻案风"的时候，净是些狗屁不通的社论。奶奶给我倒茶，终于找到了机会。

"你给我讲讲这一段行不？"

"咳，您不懂！"

"你不告诉我，我可不老是不懂。"

"您懂了又怎么样？啊？又怎么样？"

奶奶分明听出了我的话外之音。她默默地坐着，一声不响。第二天晚上，她还是一字一句地自己念报纸，不再问我。我一看她，她的声音就变小，挺难为情似的……

老海棠树还活着，枝叶间，星星在天上。我认定那是奶奶的星星。据说有一种蚂蚁，遇到火就大家抱成一个球，滚过去，总有一些被烧死，也总有一些活过来，继续往前爬。人类的路本来很艰难。前些时候碰上了惠芬三姐,听说因为她"文革"中做了些错事,弄得很苦恼,很多事都受到影响。我就又想起了奶奶的星星。历史,要用许多不幸和错误去铺路,人类才变得比那些蚂蚁更聪明。人类浩荡前行,在这条路上,不是靠的恨,而是靠的爱……

1983年11月11日

我的遥远的清平湾

北方的黄牛一般分为蒙古牛和华北牛。华北牛中要数秦川牛和南阳牛最好,个儿大,肩峰很高,劲儿足。华北牛和蒙古牛杂交的牛更漂亮,犄角向前弯去,顶架也厉害,而且皮实、好养。对北方的黄牛,我多少懂一点。这么说吧:现在要是有谁想买牛,我担保能给他挑头好的。看体形,看牙口,看精神儿,这谁都知道。光凭这些也许能挑到一头不坏的,可未必能挑到一头真正的好牛。关键是得看脾气。拿根鞭子,一甩,"嗖"的一声,好牛就会瞪圆了眼睛,左蹦右跳。这样的牛干起活儿来下死劲,走得欢。疲牛呢?听见鞭子响准是把腰往下一塌,闭一下眼睛,忍了。这样的牛,别要。

我插队的时候喂过两年牛,那是在陕北的一个小山村儿——清平湾。

我们那个地方虽然也还算是黄土高原,却只有黄土,见不到真正的平坦的塬地了。由于洪水年年吞噬,塬地总在塌方,顺着沟、渠、小河,流进了黄河。从洛川再往北,全是一座座黄的山峁或一道道黄的山梁,绵延不断。树很少,少到哪座山上有几棵什么树,老乡们都记得清清楚楚;只有打新窑或是做棺木的时候,才放倒一两棵。碗口粗的柏树就稀罕得不得了。要是谁能做上一口薄柏木板的棺材,大伙儿就都佩服,方圆几十里内都会传开。

在山上拦牛的时候,我常想,要是那一座座

黄土山都是谷堆、麦垛,山坡上的胡蒿和沟壑里的狼牙刺都是柏树林,就好了。和我一起拦牛的老汉总是"吸溜吸溜"地抽着旱烟,笑笑,说:"那可就一股劲儿吃白馍馍了。老汉儿家、老婆儿家都睡一口好材。"

和我一起拦牛的老汉姓白。陕北话里,"白"发"破"的音,我们都管他叫"破老汉"。也许还因为他穷吧,英语中的"poor"就是"穷"的意思。或者还因为别的:那几颗零零碎碎的牙,那几根稀稀拉拉的胡子,尤其是他的嗓子——他爱唱,可嗓子像破锣。傍晚赶着牛回村的时候,最后一缕阳光照在崖畔上,红的。破老汉用镢把挑起一捆柴,扛着,一路走一路唱:"崖畔上开花崖畔上红;受苦人①过得好光景……"声音拉得很长,虽不洪亮,但颤巍巍的,悠扬。碰巧了,崖顶上探出两个小脑瓜,竖着耳朵听一阵,跑了;可能是狐狸,也可能是野

---

① 受苦人:庄稼人。

羊。不过,要想靠打猎为生可不行,野兽很少。我们那地方突出的特点是穷,穷山穷水,"好光景"永远是"受苦人"的一种盼望。天快黑的时候,进山寻野菜的孩子们也都回村了,大的拉着小的,小的扯着更小的,每人的臂弯里都扠着个小篮儿,装的苦菜、苋菜,或者小蒜、蘑菇……孩子们跟在牛群后面,"叽叽嘎嘎"地吵,争抢着把牛粪撮回窑里①去。

越是穷地方,农活也越重。春天播种;夏天收麦;秋天玉米、高粱、谷子都熟了,更忙;冬天打坝、修梯田,总不得闲。单说春种吧,往山上送粪全靠人挑。一担粪六七十斤,一早上就得送四五趟;挣两个工分,合六分钱。在北京,才够买两根冰棍儿的。那地方当然没有冰棍儿,在山上干活儿渴急了,什么水都喝。天不亮,耕地的人们就扛着木犁、赶着牛上山了。太阳出来,已经耕完了几垧地。火红的太

---

① 窑里:家里。

阳把牛和人的影子长长地印在山坡上，扶犁的后面跟着撒粪的，撒粪的后头跟着点籽的，点籽的后头是打土坷垃的，一行人慢慢地、有节奏地向前移动，随着那悠长的吆牛声。吆牛声有时疲惫、凄婉；有时又欢快、诙谐，引动一片笑声。那情景几乎使我忘记自己是生活在哪个世纪，默默地想着人类遥远而漫长的历史。人类好像就是这么走过来的。

清明节的时候我病倒了，腰腿疼得厉害。那时只以为是坐骨神经疼，或是腰肌劳损，没想到会发展到现在这么严重。陕北的清明前后爱刮风，天都是黄的。太阳白蒙蒙的。窑洞的窗纸被风沙打得"唰啦啦"响。我一个人躺在土炕上……

那天，队长端来了一碗白馍……

陕北的风俗，清明节家家都蒸白馍，再穷也要蒸几个。白馍被染得红红绿绿的，老乡管那叫"zi chui"。开始我们不知道是哪两个字，也不知道什么意思，跟着叫"紫锤"。后来才知道，是叫"子推"，是为了纪念春秋时期一个叫介子推的人的。破老汉说，那是个刚强的人，宁可被人烧死在山里，也不出去做官。我没有考证过，也不知史学家们对此做何评价。反正吃一顿白馍，清平湾的老老少少都很高兴。尤其是孩子们，头好几天就喊着要吃子推馍馍了。春秋距今两千多年了，陕北的文化很古老，就像黄河。譬如，陕北话中有好些很文的字眼："喊"不说"喊"，要说"呐喊"；香菜，叫芫荽；"骗人"也不说"骗人"，叫作"玄谎"……连最没文化的老婆儿也会用"酝酿"这词儿。开社员会时，黑压压坐了一窑人，小油灯冒着黑烟，四下里闪着烟袋锅的红光。支书念完了文件，喊一声："不敢睡！大家讨论个一下！"人群中于是息了鼾声，不紧不慢地应着："酝酿酝酿了再……"这"酝酿"二字使人想到那儿确是革命圣地，老乡们还记得当年的好作风。可在我们插队的那些年里，"酝酿"不过是一种习惯了的口头语罢了。乡亲们说"酝酿"的时候,心里也明白:屎事不顶!可支书让发言,大伙儿总得有个说的;支书也是难,其实那些政策条文早已经定了。最后,支书再喊一声:"同意啊不?"大伙儿回答"同意——"然后回窑睡觉。

那天,队长把一碗"子推"放在炕沿上,让我吃。他也坐在炕沿上,"吧嗒吧嗒"地抽烟。"子推"浮头用的是头两茬面,很白;里头都是黑面,麸子全磨了进去。队长看着我吃,不言语。临走时,他吹吹烟锅儿,说:"唉!心儿家不容易,离家远。""心儿"就是孩子的意思。

队里再开会时,队长提议让我喂牛。社员们都赞成。"年轻后生家,不敢让腰腿坐下病,好好价把咱的牛喂上!"老老小小见了我都这么说。在那个地方,担粪、砍柴、挑水、清明磨豆腐、端午做凉粉、出麻油、打窑洞……全靠自己动手。腰腿可是劳动的本钱;惟一能够代替人力的牛简直是宝贝。老乡们把喂牛这样的机要工作交给我,我心里很感动,嘴上却说不出什么。农民们不看嘴,看手。

我喂十头,破老汉喂十头,在同一个饲养场上。饲养场建在村子的最高处,一片平地,两排牛棚,三眼堆放草料的破石窑。清平河水整日价"哗哗啦啦"的,水很浅,在村前拐了一个弯,形成了一个水潭。河湾的一边是石崖,另一边是一片开阔的河滩。夏天,村里的孩子们光着屁股在河滩上折腾,往水潭里"扑通扑通"地跳,有时候捉到一只鳖,又笑又嚷,闹翻了天。破老汉坐在饲养场前面的窑顶上看着,一袋接一袋地抽烟。"心儿家不晓得愁,"他说,然后就哑着个嗓子唱起来,"提起那家来,家有名,家住在绥德三十里铺村……"破老汉是绥德人,年轻时打短工来到清平湾,就住下了。绥德出打短工的,出石匠,出说书的,那地方更穷。

绥德还出吹手。农历年夕前后,坐在饲养场上,常能听到那欢乐的唢呐声。那些吹手也有从米脂、佳县来的，但多数是从绥德。他们到处串，随便站在谁家窑前就吹上一阵。如果碰巧哪家要娶媳妇，他们就被请去，"呜里哇啦"地吹一天，吃一天好饭。要是运气不好，吹完了，就只能向人家要一点吃的或钱。或多或少，家家都给，破老汉尤其给得多。他说："谁也有难下的时候。"原先，他也干过那营生，吃是能吃饱，可是常要受冻，要是没人请，夜里就得住寒窑。"揽工人儿难，哎哟，揽工人儿难；正月里上工十月里满，受的牛马苦，吃的猪狗饭……"他唱着，给牛添草。破老汉一肚子歌。

小时候就知道陕北民歌。到清平湾不久，干活儿歇下的时候我们就请老乡唱，大伙儿都说破老汉爱唱，也唱得好。"老汉的日子熬煎咧，人愁了才唱得好山歌。"确实，陕北的民歌多半都有一种忧伤的调子。但是，一唱起来，人就快活了。有时候赶着牛出村，破老汉憋细了嗓子唱《走西口》："哥哥你走西口，小妹妹也难留，手拉着哥哥的手，送哥到大门口。走路你走大路,再不要走小路,大路上人马多,来回解忧愁……"场院上的婆姨、女子们嘻嘻哈哈地冲我嚷:"让老汉儿唱个《光棍儿哭妻》嘛,老汉儿唱得可美!"破老汉只作没听见,调子一转,唱起了《女儿嫁》:"一更里叮当响,小哥哥进了我的绣房,娘问女孩儿什么响,西北风刮得门闩响嘛哎哟……"往下的歌词就不宜言传了。我和老汉赶着牛走出很远了,还听见婆姨、女子们在场院上骂。老汉冲我眨眨眼,撅一根柳条,赶着牛,唱一路。

破老汉只带着个七八岁的小孙女过。那孩子小名儿叫"留小儿"。两口人的饭常是她做。

把牛赶到山里,正是晌午。太阳把黄土烤得发红,要冒火似的。草丛里不知名的小虫子"嗞——嗞——"地叫。群山也显得疲乏,无精打采地互相挨靠着。方圆十几里内只有我和破老汉,只有我们的吆牛声。哪儿有泉水,破老汉都知道;几镢头挖成一个小土坑,一会儿坑里就积起了水。细珠子似的小气泡一串串地往上冒,水很小，又凉又甜。"你看下我来，我也看下你……"老汉喝口水，抹抹嘴，扯着嗓子又唱一句。不知他又想起了什么。

夏天拦牛可不轻闲，好草都长在田边，离庄稼很近。我们东奔西跑地吆喝着，骂着。破老汉骂牛就像骂人，爹、娘、八辈儿祖宗，骂得那么亲热。稍不留神，哪个狡猾的家伙就会偷吃了田苗。最讨厌的是破老汉喂的那头老黑牛，称得上是"老谋深算"。它能把野草和田苗分得一清二楚。它假装吃着田边的草，慢慢接近田苗，低着头，眼睛却溜着我。我看着它的时候，田苗离它再近它也不吃，一副廉洁奉公的样儿；等我刚一回头，它就趁机啃倒一棵玉米或高粱，调头便走。我识破了它的诡计，它再接近田苗时，假装不看它，等它确信无虞把舌头伸向禁区之际，我才大吼一声。老家伙趔趔趄趄地后退，既惊慌又愧悔，那样子倒是有点可怜。

陕北的牛也是苦，有时候看着它们累得草

也不想吃，"呼哧呼哧"喘粗气，身子都跟着晃，我真害怕它们趴架。尤其是当那些牛争抢着去舔地上渗出的盐碱的时候，真觉得造物主太不公平。我几次想给它们买些盐，但自己嘴又馋，家里寄来的钱都买鸡蛋吃了。

每天晚上，我和破老汉都要在饲养场上待到十一二点，一遍遍给牛添草。草添得要勤，每次不能太多。留小儿跟在老汉身边，寸步不离。她的小手绢里总包两块红薯或一把玉米粒。破老汉用牛吃剩下的草疙结打起一堆火，干的"噼噼啪啪"响，湿的"嗞嗞"冒烟。火光照亮了饲养场，照着吃草的牛，四周的山显得更高，黑魆魆的。留小儿把红薯或者玉米埋在烧尽的草灰里，如果是玉米，就得用树枝拨来拨去，"啪"地一响，爆出了一个玉米花。那是山里娃最好的零嘴儿了。

留小儿没完没了地问我北京的事。"真个是在窑里看电影？""不是窑，是电影院。""前回你说是窑里。""噢，那是电视。一个方匣匣，和电影一样。"她歪着头想,大约想象不出,又问起别的。"啥时想吃肉,就吃?""嗯。""玄谎!""真的。""成天价想吃呢?""那就成天价吃。"这些话她问过好多次了,也知道我怎么回答,但还是问。"你说北京人都不爱吃白肉?"她觉得北京人不爱吃肥肉,很奇怪。她仰着小脸儿,望着天上的星星;北京的神秘,对她来说,不亚于那道银河。

"山里的娃娃什么也解①不开。"破老汉说。破老汉是见过世面的,他三七年就入了党,跟队伍一直打到广州。他常常讲起广州:霓虹灯成宿地点着,广州人连蛇也吃,到处是高楼,楼里有电梯……留小儿听得觉也不睡。我说:"城里人也不懂得农村的事呢。""城里人解开个狗吗?"留小儿问,"咯咯"地笑。她指的是我们刚到清平湾的时候,被狗追得满村跑。"学生价连犍牛和生牛也解不开。"留小儿说着去摸

---

① 解(音hài)不开:不懂。

摸正在吃草的牛,一边数叨:"红犍牛、猴①犍牛、花生牛……爷!老黑牛怕是难活②下了,不肯吃!""它老了,熬③了。"老汉说。山里的夜晚静极了,只听得见牛吃草的"沙沙"声,蛐蛐儿叫,有时远处还传来狼嗥。破老汉有把破胡琴,"嗞嗞嘎嘎"地拉起来,唱:"一九头上才立冬,闯王领兵下河东,幽州困住杨文广,年太平,金花小姐领大兵……"把历史唱了个颠三倒四。

留小儿最常问的还是天安门。"你常去天安门?""常去。""常能照着④毛主席?""哪的来,我从来没见过。""咦?!他就盛⑤在天安门上,你去了会照不着?"她大概以为毛主席总站在天安门上,像画上画的那样。有一回她趴在我

---

① 猴:小。
② 难活:病。
③ 熬:累。
④ 照着:望见。
⑤ 盛:住。

耳边说:"你冬里回北京把我引上行不?"我说:"就怕你爷爷不让。""你跟他说说嘛,他可相信你说的了。盘缠我有。""你哪儿来的钱?""卖鸡蛋的钱,我爷爷不要,都给了我,让我买褂褂儿的。""多少?""五块!""不够。""嘻,我哄你,看,八块半!"她掏出个小布包,打开,有两张一块的,其余全是一毛、两毛的。那些钱大半是我买了鸡蛋给破老汉的。平时实在是饿得够呛,想解解馋,也就是买几个鸡蛋。我怎么跟留小儿说呢?我真想冬天回家时把她带上。可就在那年冬天,我病厉害了。

其实,喂牛没什么难的,用破老汉的话说,只要勤谨,肯操心就行。喂牛,苦不重①,就是熬人,夜里得起来好几趟,一年到头睡不成个囫囵觉。冬天,半夜从热被窝里爬出来的滋味可不是好受的。尤其五更天给牛拌料,牛埋下头吃得

---

① 苦不重:活儿不重。

香,我坐在牛槽边的青石板上能睡好几觉。破老汉在我耳边叨唠:黑市的粮价又涨了,合作社来了花条绒,留小儿的袄烂得露了花……我"哼哼哈哈"地应着,刚梦见全聚德的烤鸭,又忽然掉进了什刹海的冰窟窿,打个冷颤醒了,破老汉还没叨唠完。"要不回窑睡去吧,二次料我给你拌上了。"老汉说。天上划过一道亮光,是流星。月亮也躲进了山谷。星星和山峦,不知是谁望着谁,或者谁忘了谁。"这营生不是后生家做的,后生家正是好睡觉的时候。"破老汉说,然后"唉,唉——"地发着感慨。我又迷迷糊糊地入了梦乡。

碰上下雨下雪,我们俩就躲进牛棚。牛棚里净是粪尿,连打个盹的地方也没有。那时候我的腿和腰就总酸疼。"倒运的天!"破老汉骂,然后对我说:"北京够咋美,偏来这山沟沟里做什么嘛!""您那时候怎么没留在广州?"我随便问。他抓抓那几根黄胡子,用烟锅儿在烟荷包里不停地剜,瞪着眼睛愣半天,说:"咋!让你把我问着了,我也不晓尿咋价日鬼的。"然后又愣半天,似乎回忆着到底是什么原因。"唉,尿毛擀不成个毡,山里人当不成个官。"他说,"我那辰儿要是不回来,这辰儿也住上洋楼了,也把警卫员带上了。山里人憨着咧,只想打罢了仗就回家,哪搭儿也不胜窑里好。尿!要不,我的留小儿这辰儿还愁穿不上个条绒袄儿?"

每回家里给我寄钱来,破老汉总嚷着让我请他抽纸烟。"行!"我说,"'牡丹'的怎么样?""嘻——'黄金叶'的就拔尖了!""可有个条件,"我凑到他耳边,"得给后沟里的送几根去。""憨娃娃!"他骂。"后沟里的"指的是住在后沟里的一个寡妇,比破老汉小十几岁,村里人都知道那寡妇对破老汉不错。老汉抽着纸烟,望着远处。我也唱一句:"你看下我来,我也看下你……"递给他几根纸烟,向后沟的方向示意。他不言传,笑眯眯地不知想着什么。末了,他把几根纸烟装进烟荷包,说:"留小儿大了嫁到北京去呀!"说罢笑笑,知道那是不沾边儿的事。

在后山上拦牛的时候,远远地望着后沟里的那眼土窑洞,我问破老汉:"那婆姨怎么样?""亮亮妈,人可好。"他说。我问:"那你干吗不跟她过?""嘻——老了老了还……"他打岔。"算了吧!"我说,"那你夜里常往她窑里跑?"我其实是开玩笑。"咦!不敢瞎说!"他装得一本正经。我诈他:"我都看见了,你还不承认!"他不言传了,尴尬地笑着。其实我什么也没看见。

破老汉望着山脚下的那眼窑洞。窑前,亮亮妈正费力地劈着一疙瘩树根;一个男孩子帮着她劈,是亮亮。"我看你就把她娶了吧,她一个人也够难的。再说,也就有人给你缝衣裳了。""唉,丢下留小儿谁管?""一搭里过嘛!""她的亮亮也娇惯得危险①,留小儿要受气呢。后妈总不顶亲的。""什么后妈,留小儿得管她叫奶奶了。""还不一样?"山里没人,我们敞

---

① 危险:严重、厉害。

开了说。亮亮家的窑顶上冒起了炊烟。老汉呆呆地望着,一缕蓝色的青烟在山沟里飘绕。小学校放学的钟声"当当"地敲响了。太阳下山了,收工的人们扛着锄头在暮霭中走。拦羊的也吆喝着羊群回村了,大羊喊,小羊叫,"咩咩"地响成一片。老汉还是呆呆地坐着,闷闷地抽烟。他分明是心动了,可又怕对不起留小儿。留小儿的大①死得惨,平时谁也不敢向破老汉问起这事。据说,老汉一想起就哭,自己打自己的嘴巴。听说,都是因为破老汉舍不得给大夫多送些礼,把儿子的病给耽误了;其实,送十来斤米或者面就行。那些年月啊!

秋天,在山里拦牛简直是一种享受。庄稼都收完了,地里光秃秃的,山洼、沟掌里的荒草却长得茂盛。把牛往沟里一轰,可以躺在沟门上睡觉;或是把牛赶上山,在下山的路口上

---

① 大:爹。

坐下，看书。秋天的色彩也不再那么单调：半崖上小灌木的叶子红了，杜梨树的叶子黄了，酸枣棵子缀满了珊瑚珠似的小酸枣……尤其是山坡上绽开了一丛丛野花，淡蓝色的，一丛挨着一丛，雾蒙蒙的。灰色的小田鼠从黄土坷垃后面探头探脑；野鸽子从悬崖上的洞里钻出来，"扑棱棱"飞上天；野鸡"咕咕嘎嘎"地叫，时而出现在崖顶上，时而又钻进了草丛……我很奇怪，生活那么苦，竟然没人捕食这些小动物。也许是因为没有枪，也许是因为这些鸟太小也太少，不过多半还是因为别的。譬如：春天燕子飞来时，家家都把窗户打开，希望燕子到窑里来做窝；很多家窑里都住着一窝燕儿，没人伤害它们。谁要是说燕子的肉也能吃，老乡们就会露出惊讶的神色，瞪你一眼："咦！燕儿嘛！"仿佛那无异于亵渎了神灵。

种完了麦子，牛就都闲下了，我和破老汉整天在山里拦牛。老汉不闲着，把牛赶到地方，跟我交代几句就不见了。有时忽然见他出现在半崖上,奋力地劈砍着一棵小灌木。吃的难,烧的也难,为了一把柴,常要爬上很高很陡的悬崖。老汉说,过去不是这样,过去人少,山里的好柴砍也砍不完,密密匝匝的,人也钻不进去。老人们最怀恋的是红军刚到陕北的时候,打倒了地主,分了地,单干。"才红了①那辰儿,吃也有的吃,烧也有的烧,这咋会儿,做过啦!"老乡们都这么说。真是,"这咋会儿",迷信活动倒死灰复燃。有一回,传说从黄河东来了神神,有些老乡到十几里外的一个破庙去祷告,许愿。破老汉不去。我问他为什么,他皱着眉头不说,又哼哼起《山丹丹开花红艳艳》。那是才红了那辰儿的歌。过了半天,使劲磕磕烟袋锅,叹了口气:"都是那号婆姨闹的!""哪号儿?"我有点明知故问。他用烟袋指指天,摇摇头,撇撇嘴:"那号婆姨,我一照就晓得……"如此算来,破老汉反"四人帮"要比"四五"运动早好几年呢!

---

① 才红了:指红军刚到陕北。

在山里，有那些牛做伴，即便剩我一个人也并不寂寞。我半天半天地看着那些牛，它们的一举一动都意味着什么，我全懂。平时，牛不爱叫，只有奶着犊子的生牛才爱叫。太阳一偏西，奶着犊儿的生牛就急着要回村了，你要是不让它回，它就"哞——哞——"地叫个不停，急得团团转，无心再吃草。有一回，我在山洼洼里，睡着了，醒来太阳已经挨近了山顶。我和破老汉吆起牛回村，忽然发现少了一头。山里常有被雨水冲成的暗洞，牛踩上就会掉下去摔坏。破老汉先也一惊，但马上看明白了，说："没麻搭，它想儿，回去了。"我才发现，少了的是一头奶犊儿的生牛。离村老远，就听见饲养场上一声声牛叫了，儿一声，娘一声，似乎一天不见，母子间有说不完的贴心话。牛不老①在母亲肚子底下一下一下地撞，吃奶。母牛的目光充满了温柔、慈爱，神态那么满足、平静。我喜欢那头母牛，喜

---

① 牛不老：牛犊。

欢那只牛不老。我最喜欢的是一头红犍牛,高高的肩峰,腰长腿壮,单套也能拉得动大步犁。红犍牛的犄角长得好,又粗又长,向前弯去;几次碰上邻村的牛群,它都把对方的首领顶得败阵而逃。我总是多给它拌些料,犒劳它。但它不是首领。最讨厌的还是那头老黑牛,不仅老奸巨猾,而且专横跋扈,双套它也会气喘吁吁,却占着首领的位置。遇到外"部落"的首领,它倒也勇敢,但不下两个回合,便跑得比平时都快了。那头老牛就好,虽然比老黑牛还老,却和蔼得很,再小的牛冲它伸伸脖子,它也会耐心地为之舔毛。和牛在一起,也可谓其乐无穷了,不然怎么办呢?方圆十几里内看不见一个人,全是山。偶尔有拦羊的从山梁上走过,冲我呐喊两声。黑色的山羊在陡峭的岩壁上走,如走平地,远远看去像是悬挂着的棋盘;白色的绵羊走在下边,是白棋子。山沟里有泉水,渴了就喝,热了就脱个精光,洗一通。那生活倒是自由自在,就是常常饿肚子。

破老汉有个弟弟,我就是顶替了他喂牛的。据说那人奸猾,偷牛料;头几年还因为投机倒把坐过县大狱。我倒不觉得那人有多坏,他不过是蒸了白馍跑到几十里外的车站上去卖高价,从中赚出几升玉米、高粱米,白面自家舍不得吃。还说他捉了乌鸦,做熟了当鸡卖,而且白馍里也掺了假。破老汉看不上他弟弟,破老汉佩服的是老老实实的受苦人。

一阵山歌,破老汉担着两捆柴回来了。"饿了吧?"他问我。"我把你的干粮吃了。"我说。"吃得下那号干粮?"他似乎感到快慰。他"哼哼唉唉"地唱着,带我到山背洼里的一棵大杜梨树下。"咋吃!"他说着爬上树去。他那年已经五十六岁了,看上去还要老,可爬起树来却比我强。他站在树上,把一杈杈结满了杜梨的树枝撅下来,扔给我。那果实是古铜色的,小指甲盖儿大小,上面有黄色的碎斑点,酸极了,倒牙。老汉坐在树杈上吃,又唱起来:"对面价沟里流河水,横山里下来些游击队……"那是《信天游》。老汉大约又想起了当年。他说他给刘志丹抬过棺材,守过灵。别人说他是吹牛。破老汉有时是好吹吹牛。"牵牛牛开花羊跑青,二月里见罢到如今……"还是《信天游》。我冲他喊:"不是夜来黑喽①才见罢吗?""憨娃娃,你还不赶紧寻个婆姨?操心把心儿耽误下!"他反唇相讥。"后沟里的可会迷男人?""咦!亮亮妈,人可好!""这两捆柴,敢是给亮亮妈砍的吧?""谁情愿要,谁扛去。"这话是真的,老汉穷,可不小气。

有一回我半夜起来去喂牛,借着一缕淡淡的月光,摸进草窑。刚要揽草,忽然从草堆里站起两个人来,吓得我头皮发麻,不禁喊了一声,把那两个人也吓得够呛。一个岁数大些的连忙说:"别怕,我们是好人。"破老汉提着个马灯跑了来,以为是有了狼。那两个人是瞎子说书的,从

---

① 夜来黑喽:昨天晚上。

绥德来。天黑了，就摸进草窑，睡了。破老汉把他们引回自家窑里，端出剩干粮让他们吃。陕北有句民谣："老乡见老乡，两眼泪汪汪。"老汉和两个瞎子长吁短叹，唠了一宿。

第二天晚上，破老汉操持着，全村人出钱请两个瞎子说了一回书。书说得乱七八糟，李玉和也有，姜太公也有，一会儿是伍子胥一夜白了头，一会儿又是主席语录。窑顶上，院墙上，磨盘上，坐得全是人，都听得入神。可说的是什么，谁也含糊。人们听的是那么个调调儿。陕北的说书实际是唱，弹着三弦儿，哀哀怨怨地唱，如泣如诉，像是村前汩汩而流的清平河水。河水上跳动着月光。满山的高粱、谷子被晚风吹得"沙沙"响。时不时传来一阵响亮的驴叫。破老汉搂着留小儿坐在人堆里，小声跟着唱。亮亮妈带着亮亮坐在窑顶上，穿得齐齐整整。留小儿在老汉怀里睡着了，她本想是听完了书再去饲养场上爆玉米花的，手里攥着那个小手绢包儿。山村里难得热闹那么一回。

我倒宁愿去看牛顶架，那实在也是一项有益的娱乐，给人一种力量的感受，一种拼搏的激励。我对牛打架颇有研究。二十头牛（主要是那十几头犍牛、公牛）都排了座次，当然不是以姓氏笔画为序，但究竟根据什么，我一开始也糊涂。我喂的那头最壮的红犍牛却敬畏破老汉喂的那头老黑牛。红犍牛正是年轻力壮的时候，肩峰上的肌肉像一座小山，走起路来步履生风；而老黑牛却已显出龙钟老态，也瘦，只剩了一副高大的骨架。然而，老黑牛却是首领。遇上有哪头母牛发了情，老黑牛便几乎不吃不喝地看定在那母牛身旁，绝不允许其他同性接近。我几次怂恿红犍牛向它挑战，然而只要老黑牛晃晃犄角，红犍牛便慌忙躲开。我实在憎恨老黑牛的狂妄、专横，又为红犍牛的怯懦而生气。后来我才知道，牛的排座次是根据每年一度的角斗，谁夺了魁，便在这一年中被尊崇为首领，享有"三宫六院"的特权，即便它在这一年中变得病弱或衰老，其他的牛也仍为它当年的威风所震慑,不敢贸然不恭。习惯势力到处在起作用。可是,一开春就不同了,闲了一冬,十几头犍牛、公牛都积攒了气力,是重新较量、争魁的时候了。"男子汉"们各自权衡了对手和自己的实力,自然地推举出一头(有时是两头)体魄最大,实力最强的新秀,与前冠军进行决赛。那年春天,我的红犍牛正处在新秀的位置上,开始对老黑牛有所怠慢了。我悄悄促成它们的决斗,把它们引到开阔的河滩上去(否则会有危险)。这事不能让破老汉发觉,否则他会骂。一开始,红犍牛仍有些胆怯,老黑牛尚有余威。但也许是春天的母牛们都显得越发俊俏吧,红犍牛终于受不住异性的吸引或是轻蔑,"哞——哞——"地叫着向老黑牛挑战了。它们拉开了架势,对峙着,用蹄子跑(páo)土,瞪红了眼睛,慢慢地接近,接近……猛地扭打到一起。这时候需要的是力量,是勇气。犄角的形状起很大作用,倘是两只粗长而向前弯去的角,便极有利,左右一晃就会顶到对方的虚弱处。然而，红犍牛和老黑牛都长了这样两只角。这就要比机智了。前冠军毕竟老朽了，过于相信自己的势力和威风，新秀却认真、敏捷。红犍牛占据了有利地形（站在高一些的地方比较有利），逼得老黑牛步步退却，只剩招架之功。红犍牛毫不松懈，瞧准机会把头一低，一晃一冲，顶到了对方的脖子。老黑牛转身败走，红犍牛追上去再给老首领的屁股上加一道失败的标记。第一回合就此结束。这样的较量通常是五局三胜制或九局五胜制。新秀连胜几局，元老便自愿到一旁回忆自己当年的矫勇去了。

为了这事，破老汉阴沉着脸给我看。我笑嘻嘻地递过一根纸烟去。他抽着烟，望着老黑牛屁股上的伤痕，说："它老了呀！它救过人的命……"

据说，有一年除夕夜里，家家都在窑里喝米酒，吃油馍，破老汉忽然听见牛叫、狼嗥。他想起了一只出生不久的牛不老，赶紧跑到牛棚。好家伙，就见这黑牛把一只狼顶在墙旮旯里。黑牛的脸被狼抓得流着血，但它一动不动，把犄角牢牢地插进了狼的肚子。老汉打死了那只狼，卖了狼皮，全村人抽了一回纸烟。

"不，不是这。"破老汉说，"那一年村里的牛死的死，杀的杀（他没说是哪年），快光了。全凭好歹留下来的这头黑牛和那头老牸牛，村里的牛才又多起来。全靠了它，要不全村人倒运吧！"破老汉摸摸老黑牛的犄角。他对它分外敬重。"这牛死了，可不敢吃它的肉，得埋了它。"破老汉说。

可是，老黑牛最终还是被人拖到河滩上杀了。那年冬天，老黑牛不小心踩上了山坡上的暗洞，摔断了腿。牛被杀的时候要流泪，是真的。只有破老汉和我没有吃它的肉。那天村里处处飘着肉香。老汉呆坐在老黑牛空荡荡的槽前，只是一个劲儿抽烟。

我至今还记得这么件事：有天夜里，我几次起来给牛添草，都发现老黑牛站着，不卧下。别的牛都累得早早地卧下睡了，只有它喘着粗气，站着。我以为它病了，走进牛棚，摸摸它的耳朵，这才发现，在它肚皮底下卧着一只牛不老。小牛犊正睡得香，响着均匀的鼾声。牛棚很窄，各有各的"床位"，如果老黑牛卧下，就会把小牛犊压坏。我把小牛犊赶开（它睡的是"自由床位"），老黑牛"扑通"一声卧倒了。它看着我，我看着它。它一定是感激我了，它不知道谁应该感激它。

那年冬天，我的腿忽然用不上劲儿了，回到北京不久，两条腿都开始萎缩。

住在医院里的时候，一个从陕北回京探亲的同学来看我，带来了乡亲们捎给我的东西：小米、绿豆、红枣、芝麻……我认出了一个小手绢包儿，我知道那里头准是玉米花。

那个同学最后从兜里摸出一张十斤的粮票，说是破老汉让他捎给我的。粮票很破，渍透了油污，背面中间用一条白纸相连。

"我对他说这是陕西省通用的,在北京不能用。破老汉不信,说:'咦!你们北京就那么高级?我卖了十斤好小米换来的,咋啦不能用?!'我只好带给你。破老汉说你治病时会用得上。"

唔,我记得他儿子的病是怎么耽误了的,他以为北京也和那儿一样。

十年过去了。前年留小儿来了趟北京,她真的自个儿攒够了盘缠!她说这两年农村的生活好多了,能吃饱,一年还能吃好多回肉。她说,黑肉①真的还是比白肉②好吃些。

"清平河水还流吗?"我糊里巴涂地这样问。

"流哩嘛!"留小儿"咯咯"地笑。

"我那头红犍牛还活着吗?"

"在哩!老下了。"

---

① 黑肉:瘦肉或精肉。
② 白肉:肥肉。

我想象不出我那头浑身是劲儿的红犍牛老了会是什么样,大概跟老黑牛差不多吧,既专横又慈爱……

留小儿给她爷爷买了把新二胡。自己想买台缝纫机,可是没买到。

"你爷爷还爱唱吗?"

"整天价瞎唱。"

"还唱《走西口》吗?"

"唱。"

"《揽工调》呢?"

"什么都唱。"

"不是愁了才唱吗?"

"咦?!谁说?"

关于民歌产生的原因,还是请音乐家和美学家们去研究吧。我只是常常记起牛群在土地上舔食那些渗出的盐的情景,于是就又想起破老汉那悠悠的山歌:"崖畔上开花崖畔上红,受苦人过得好光景……"如今,"好光景"已不仅仅是"受苦人"的一种盼望了。老汉唱的本也不是崖畔上那一缕残阳的红光,而是长在崖畔上的一种野花,叫山丹丹,红的,年年开。

哦,我的白老汉,我的牛群,我的遥远的清平湾……

1982年

秋天的怀念

双腿瘫痪后，我的脾气变得暴怒无常。望着望着天上北归的雁阵，我会突然把面前的玻璃砸碎；听着听着李谷一甜美的歌声，我会猛地把手边的东西摔向四周的墙壁。母亲就悄悄地躲出去，在我看不见的地方偷偷地听着我的动静。当一切恢复沉寂，她又悄悄地进来，眼边红红的，看着我。"听说北海的花儿都开了，我推着你去走走。"她总是这么说。母亲喜欢花,可自从我的腿瘫痪后,她侍弄的那些花都死了。"不,我不去!"我狠命地捶打这两条可恨的腿,喊着,"我可活什么劲!"母亲扑过来抓住我的手,忍住哭声说:"咱娘儿俩在一块儿,好好儿活,好好儿活……"

可我却一直都不知道,她的病已经到了那步田地。后来妹妹告诉我,她常常肝疼得整宿整宿翻来覆去地睡不了觉。

那天我又独自坐在屋里,看着窗外的树叶"唰唰啦啦"地飘落。母亲进来了,挡在窗前:"北海的菊花开了,我推着你去看看吧。"她憔悴的脸上现出央求般的神色。"什么时候?""你要是愿意,就明天?"她说。我的回答已经让她喜出望外了。"好吧,就明天。"我说。她高兴得一会儿坐下,一会儿站起:"那就赶紧准备准备。""哎呀,烦不烦?几步路,有什么好准备的!"她也笑了,坐在我身边,絮絮叨叨地说着:"看完菊花,咱们就去'仿膳',你小时候最爱吃那儿的豌豆黄儿。还记得那回我带你去北海吗？你偏说那杨树花是毛毛虫，跑着，一脚踩扁一个……"她忽然不说了。对于"跑"和"踩"一类的字眼儿，她比我还敏感。她又悄悄地出去了。

她出去了，就再也没回来。

邻居们把她抬上车时，她还在大口大口地吐着鲜血。我没想到她已经病成那样。看着三轮车远去，也绝没有想到那竟是永远的诀别。

邻居的小伙子背着我去看她的时候，她正艰难地呼吸着，像她那一生艰难的生活。别人告诉我，她昏迷前的最后一句话是："我那个有病的儿子和我那个还未成年的女儿……"

又是秋天，妹妹推我去北海看了菊花。黄色的花淡雅，白色的花高洁，紫红色的花热烈而深沉，泼泼洒洒，秋风中正开得烂漫。我懂得母亲没有说完的话。妹妹也懂。我俩在一块儿，要好好儿活……

1981年

合欢树

十岁那年,我在一次作文比赛中得了第一。母亲那时候还年轻,急着跟我说她自己,说她小时候的作文做得还要好,老师甚至不相信那么好的文章会是她写的。"老师找到家来问,是不是家里的大人帮了忙。我那时可能还不到十岁呢。"我听得扫兴,故意笑:"可能?什么叫可能还不到?"她就解释。我装作根本不再注意她的话，对着墙打乒乓球，把她气得够呛。不过我承认她聪明，承认她是世界上长得最好看的女的。她正给自己做一条蓝地白花的裙子。

二十岁，我的两条腿残废了。除去给人家画彩蛋，我想我还应该再干点儿别的事，先后改变了几次主意，最后想学写作。母亲那时已不年轻，为了我的腿，她头上开始有了白发。医院已经明确表示，我的病目前没办法治。母亲的全副心思却还放在给我治病上，到处找大夫，打听偏方，花很多钱。她倒总能找来些稀奇古怪的药，让我吃，让我喝，或者是洗、敷、熏、灸。"别浪费时间啦！根本没用！"我说。我一心只想着写小说，仿佛那东西能把残疾人救出困境。"再试一回，不试你怎么知道有用没用？"她说。每一回都虔诚地抱着希望。然而对我的腿，有多少回希望就有多少回失望。最后一回，我的胯上被熏成烫伤。医院的大夫说，这实在太悬了，对于瘫痪病人，这差不多是要命的事。我倒没太害怕，心想死了也好，死了倒痛快。母亲惊惶了几个月,昼夜守着我,一换药就说:"怎么会烫了呢?我还直留神呀!"幸亏伤口好起来,不然她非疯了不可。

后来她发现我在写小说。她跟我说:"那就好好写吧。"我听出来,她对治好我的腿也终于绝望。"我年轻的时候也最喜欢文学。"她说。"跟你现在差不多大的时候,我也想过搞写作。"她说。"你小时候的作文不是得过第一?"她提醒我说。我们俩都尽力把我的腿忘掉。她到处去给我借书,顶着雨或冒了雪推我去看电影,像过去给我找大夫、打听偏方那样,抱了希望。

三十岁时,我的第一篇小说发表了,母亲却已不在人世。过了几年,我的另一篇小说又侥幸获奖,母亲已经离开我整整七年。

获奖之后,登门采访的记者就多。大家都好心好意,认为我不容易。但是我只准备了一套话,说来说去就觉得心烦。我摇着车躲出去。坐在小公园安静的树林里,我闭上眼睛,想:上帝为什么早早地召母亲回去呢?很久很久,迷迷糊糊地，我听见回答："她心里太苦了。上帝看她受不住了，就召她回去。"我似乎得到一点儿安慰，睁开眼睛，看见风正从树林里穿过。

我摇车离开那儿，在街上瞎逛，不想回家。

母亲去世后，我们搬了家。我很少再到母亲住过的那个小院儿去。小院儿在一个大院儿的尽里头，我偶尔摇车到大院儿去坐坐，但不愿意去那个小院儿，推说手摇车进去不方便。院儿里的老太太们还都把我当儿孙看，尤其想到我又没了母亲，但都不说，光扯些闲话，怪我不常去。我坐在院子当中，喝东家的茶，吃西家的瓜。有一年，人们终于又提到母亲："到小院儿去看看吧，你妈种的那棵合欢树今年开花了！"我心里一阵抖，还是推说手摇车进出太不易。大伙儿就不再说，忙扯些别的，说起我们原来住的房子里现在住了小两口，女的刚生了个儿子，孩子不哭不闹，光是瞪着眼睛看窗户上的树影儿。

我没料到那棵树还活着。那年，母亲到劳动局去给我找工作，回来时在路边挖了一棵刚出土的"含羞草"。以为是含羞草,种在花盆里长,竟是一棵合欢树。母亲从来喜欢那些东西,但当时心思全在别处。第二年合欢树没有发芽,母亲叹息了一回,还不舍得扔掉,依然让它长在瓦盆里。第三年,合欢树却又长出叶子,而且茂盛了。母亲高兴了很多天,以为那是个好兆头,常去侍弄它,不敢再大意。又过一年,她把合欢树移出盆,栽在窗前的地上,有时念叨,不知道这种树几年才开花。再过一年,我们搬了家,悲痛弄得我们都把那棵小树忘记了。

与其在街上瞎逛,我想,不如就去看看那棵树吧。我也想再看看母亲住过的那间房。我老记着,那儿还有个刚来到世上的孩子,不哭不闹,瞪着眼睛看树影儿。是那棵合欢树的影子吗?小院儿里只有那棵树。

院儿里的老太太们还是那么欢迎我,东屋倒茶,西屋点烟,送到我眼前。大伙儿都不知道我获奖的事,也许知道,但不觉得那很重要;还是都问我的腿,问我是否有了正式工作。这回,想摇车进小院儿真是不能了。家家门前的小厨房都扩大,过道儿窄到一个人推自行车进出也要侧身。我问起那棵合欢树。大伙儿说,年年都开花,长到房高了。这么说,我再看不见它了。我要是求人背我去看,倒也不是不行。我挺后悔前两年没有自己摇车进去看看。

我摇着车在街上慢慢走,不急着回家。人有时候只想独自静静地待一会儿。悲伤也成享受。

有一天那个孩子长大了,会想起童年的事,会想起那些晃动的树影儿,会想起他自己的妈妈。他会跑去看看那棵树。但他不会知道那棵树是谁种的,是怎么种的。

1985年

我与地坛

一

我在好几篇小说中都提到过一座废弃的古园，实际就是地坛。许多年前旅游业还没有开展，园子荒芜冷落得如同一片野地，很少被人记起。

地坛离我家很近。或者说我家离地坛很近。总之，只好认为这是缘分。地坛在我出生前四百多年就坐落在那儿了；而自从我的祖母年轻时带着我父亲来到北京，就一直住在离它不远的地方——五十多年间搬过几次家,可搬来搬去总是在它周围,而且是越搬离它越近了。我常觉得这中间有着宿命的味道:仿佛这古园就是为了等我,而历尽沧桑在那儿等待了四百多年。

它等待我出生,然后又等待我活到最狂妄的年龄上忽地残废了双腿。四百多年里,它一面剥蚀了古殿檐头浮夸的琉璃,淡褪了门壁上炫耀的朱红,坍圮了一段段高墙又散落了玉砌雕栏,祭坛四周的老柏树愈见苍幽,到处的野草荒藤也都茂盛得自在坦荡。这时候想必我是该来了。十五年前的一个下午,我摇着轮椅进入园中,它为一个失魂落魄的人把一切都准备好了。那时,太阳循着亘古不变的路途正越来越大,也越红。在满园弥漫的沉静光芒中,一个人更容易看到时间,并看见自己的身影。

自从那个下午我无意中进了这园子,就再没长久地离开过它。我一下子就理解了它的意图,正如我在一篇小说中所说的:"在人口密聚的城市里,有这样一个宁静的去处,像是上帝的苦心安排。"

两条腿残废后的最初几年,我找不到工作,找不到去路,忽然间几乎什么都找不到了,我就摇了轮椅总是到它那儿去,仅为着那儿是可以逃避一个世界的另一个世界。我在那篇小说中写道,"没处可去我便一天到晚耗在这园子里。跟上班下班一样,别人去上班我就摇了轮椅到这儿来","园子无人看管,上下班时间有些抄近路的人们从园中穿过,园子里活跃一阵,过后便沉寂下来","园墙在金晃晃的空气中斜切下一溜阴凉,我把轮椅开进去,把椅背放倒,坐着或是躺着,看书或者想事,撅一杈树枝左右拍打,驱赶那些和我一样不明白为什么要来这世上的小昆虫","蜂儿如一朵小雾稳稳地停在半空;蚂蚁摇头晃脑捋着触须,猛然间想透了什么,转身疾行而去;瓢虫爬得不耐烦了,累了,祈祷一回便支开翅膀,忽悠一下升空了;树干上留着一只蝉蜕,寂寞如一间空屋;露水在草叶上滚动,聚集,压弯了草叶轰然坠地摔开万道金光","满园子都是草木竞相生长弄出的响动，窸窸窣窣窸窸窣窣片刻不息"。这都是真实的记录，园子荒芜但并不衰败。

除去几座殿堂我无法进去，除去那座祭坛我不能上去而只能从各个角度张望它，地坛的每一棵树下我都去过，差不多它的每一平米草地上都有过我的车轮印。无论是什么季节，什么天气，什么时间，我都在这园子里待过。有时候待一会儿就回家，有时候就待到满地上都亮起月光。记不清都是在它的哪些角落里了，我一连几小时专心致志地想关于死的事，也以同样的耐心和方式想过我为什么要出生。这样想了好几年，最后事情终于弄明白了：一个人，出生了，这就不再是一个可以辩论的问题，而只是上帝交给他的一个事实；上帝在交给我们这件事实的时候，已经顺便保证了它的结果，所以死是一件不必急于求成的事，死是一个必然会降临的节日。这样想过之后我安心多了，眼前的一切不再那么可怕。比如你起早熬夜准备考试的时候，忽然想起有一个长长的假期在前面等待你,你会不会觉得轻松一点儿,并且庆幸并且感激这样的安排?

剩下的就是怎样活的问题了。这却不是在某一个瞬间就能完全想透的,不是能够一次性解决的事,怕是活多久就要想它多久了,就像是伴你终生的魔鬼或恋人。所以,十五年了,我还是总得到那古园里去,去它的老树下或荒草边或颓墙旁,去默坐,去呆想,去推开耳边的嘈杂理一理纷乱的思绪,去窥看自己的心魂。十五年中,这古园的形体被不能理解它的人肆意雕琢,幸好有些东西是任谁也不能改变它的。譬如祭坛石门中的落日,寂静的光辉平铺的一刻,地上的每一个坎坷都被映照得灿烂;譬如在园中最为落寞的时间,一群雨燕便出来高歌,把天地都喊得苍凉;譬如冬天雪地上孩子的脚印,总让人猜想他们是谁,曾在那儿做过些什么,然后又都到哪儿去了;譬如那些苍黑的古柏,你忧郁的时候它们镇静地站在那儿,你欣喜的时候它们依然镇静地站在那儿,它们没日没夜地站在那儿,从你没有出生一直站到这个世界上又没了你的时候；譬如暴雨骤临园中，激起一阵阵灼烈而清纯的草木和泥土的气味儿，让人想起无数个夏天的事件；譬如秋风忽至，再有一场早霜，落叶或飘摇歌舞或坦然安卧，满园中播散着熨帖而微苦的味道。味道是最说不清楚的，味道不能写只能闻，要你身临其境去闻才能明了。味道甚至是难于记忆的，只有你又闻到它你才能记起它的全部情感和意蕴。所以我常常要到那园子里去。

二

现在我才想到，当年我总是独自跑到地坛去，曾经给母亲出了一个怎样的难题。

她不是那种光会疼爱儿子而不懂得理解儿子的母亲。她知道我心里的苦闷，知道不该阻止我出去走走，知道我要是老待在家里结果会更糟，但她又担心我一个人在那荒僻的园子里整天都想些什么。我那时脾气坏到极点，经常是发了疯一样地离开家，从那园子里回来又中了魔似的什么话都不说。母亲知道有些事不宜问，便犹犹豫豫地想问而终于不敢问，因为她自己心里也没有答案。她料想我不会愿意她跟我一同去，所以她从未这样要求过，她知道得给我一点独处的时间，得有这样一段过程。她只是不知道这过程得要多久，和这过程的尽头究竟是什么。每次我要动身时，她便无言地帮我准备，帮助我上了轮椅车，看着我摇车拐出小院，这以后她会怎样，当年我不曾想过。

有一回我摇车出了小院，想起一件什么事又反身回来，看见母亲仍站在原地，还是送我走时的姿势，望着我拐出小院去的那处墙角，对我的回来竟一时没有反应。待她再次送我出门的时候，她说："出去活动活动，去地坛看看书，我说这挺好。"许多年以后我才渐渐听出，母亲这话实际上是自我安慰，是暗自的祷告，是给我的提示，是恳求与嘱咐。只是在她猝然去世之后，我才有余暇设想，当我不在家里的那些漫长的时间，她是怎样心神不定坐卧难宁，兼着痛苦与惊恐与一个母亲最低限度的祈求。现在我可以断定，以她的聪慧和坚忍，在那些空落的白天后的黑夜，在那不眠的黑夜后的白天，她思来想去最后准是对自己说："反正我不能不让他出去，未来的日子是他自己的，如果他真的要在那园子里出了什么事，这苦难也只好我来承担。"在那段日子里——那是好几年长的一段日子，我想我一定使母亲做过最坏的准备了，但她从来没有对我说过："你为我想想。"事实上我也真的没为她想过。那时她的儿子还太年轻，还来不及为母亲想，他被命运击昏了头，一心以为自己是世上最不幸的一个，不知道儿子的不幸在母亲那儿总是要加倍的。她有一个长到二十岁上忽然截瘫了的儿子，这是她惟一的儿子；她情愿截瘫的是自己而不是儿子，可这事无法代替。她想，只要儿子能活下去哪怕自己去死呢也行，可她又确信一个人不能仅仅是活着，儿子得有一条路走向自己的幸福，而这条路呢，没有谁能保证她的儿子终于能找到。——这样一个母亲，注定是活得最苦的母亲。

　　有一次与一个作家朋友聊天，我问他学写作的最初动机是什么？他想了一会儿说："为我母亲。为了让她骄傲。"我心里一惊，良久无言。回想自己最初写小说的动机，虽不似这位朋友的那般单纯，但如他一样的愿望我也有，且一经细想，发现这愿望也在全部动机中占了很大比重。这位朋友说："我的动机太低俗了吧？"我光是摇头，心想低俗并不见得低俗，只怕是这愿望过于天真了。他又说："我那时真就是想出名，出了名让别人羡慕我母亲。"我想，他比我坦率。我想，他又比我幸福，因为他的母亲还活着。而且我想，他的母亲也比我的母亲运气好，他的母亲没有一个双腿残废的儿子，否则事情就不这么简单。

　　在我的头一篇小说发表的时候，在我的小说第一次获奖的那些日子里，我真是多么希望我的母亲还活着。我便又不能在家里待了，又整天整天独自跑到地坛去，心里是没头没尾的沉郁和哀怨，走遍整个园子却怎么也想不通：母亲为什么就不能再多活两年？为什么在她的儿子就快要碰撞开一条路的时候，她却忽然熬不住了？莫非她来此世上只是为了替儿子担忧，却不该分享我的一点点快乐？她匆匆离我去时才只有四十九岁呀！有那么一会儿，我甚至对世界对上帝充满了仇恨和厌恶。后来我在一篇题为《合欢树》的文章中写道："坐在小公园安静的树林里，我闭上眼睛，想：上帝为什么早早地召母亲回去呢？很久很久，迷迷糊糊地，我听见回答：'她心里太苦了。上帝看她受不住了，就召她回去。'我似乎得到一点儿安慰，睁开眼睛，看见风正从树林里穿过。"小公园，指的也是地坛。

只是到了这时候，纷纭的往事才在我眼前幻现得清晰，母亲的苦难与伟大才在我心中渗透得深彻。上帝的考虑，也许是对的。

摇着轮椅在园中慢慢走，又是雾罩的清晨，又是骄阳高悬的白昼，我只想着一件事：母亲已经不在了。在老柏树旁停下，在草地上在颓墙边停下，又是处处虫鸣的午后，又是鸟儿归巢的傍晚，我心里只默念着一句话：可是母亲已经不在了。把椅背放倒，躺下，似睡非睡挨到日没，坐起来，心神恍惚，呆呆地直坐到古祭坛上落满黑暗然后再渐渐浮起月光，心里才有点明白：母亲不能再来这园中找我了。

曾有过好多回，我在这园子里待得太久了，母亲就来找我。她来找我又不想让我发觉，只要见我还好好地在这园子里，她就悄悄转身回去；我看见过几次她的背影。我也看见过几回她四处张望的情景，她视力不好，托着眼镜像在寻找海上的一条船；她没看见我时我已经看见她了，待我看见她也看见我了我就不去看她，过一会儿我再抬头看她就又看见她缓缓离去的背影。我单是无法知道有多少回她没有找到我。有一回我坐在矮树丛中，树丛很密，我看见她没有找到我，她一个人在园子里走，走过我身旁，走过我经常待的一些地方，步履茫然又急迫。我不知道她已经找了多久还要找多久，我不知道为什么我决意不喊她——但这绝不是小时候的捉迷藏，这也许是出于长大了的男孩子的倔强或羞涩？但这倔强只留给我痛悔，丝毫也没有骄傲。我真想告诫所有长大了的男孩子，千万不要跟母亲来这套倔强，羞涩就更不必，我已经懂了可我已经来不及了。

儿子想使母亲骄傲，这心情毕竟是太真实了，以致使"想出名"这一声名狼藉的念头也多少改变了一点形象。这是个复杂的问题，且不去管它了罢。随着小说获奖的激动逐日暗淡，我开始相信，至少有一点我是想错了：我用纸笔在报刊上碰撞开的一条路，并不就是母亲盼望我找到的那条路。年年月月我都到这园子里来，年年月月我都要想母亲盼望我找到的那条路到底是什么。母亲生前没给我留下过什么隽永的哲言，或要我恪守的教诲，只是在她去世之后，她艰难的命运，坚忍的意志和毫不张扬的爱，随光阴流转，在我的印象中愈加鲜明深刻。

有一年,十月的风又翻动起安详的落叶,我在园中读书,听见两个散步的老人说:"没想到这园子有这么大。"我放下书,想,这么大一座园子,要在其中找到她的儿子,母亲走过了多少焦灼的路。多年来我头一次意识到,这园中不单是处处都有过我的车辙,有过我的车辙的地方也都有过母亲的脚印。

三

如果以一天中的时间来对应四季,当然春天是早晨,夏天是中午,秋天是黄昏,冬天是夜晚。如果以乐器来对应四季,我想春天应该是小号,夏天是定音鼓,秋天是大提琴,冬天是圆号和长笛。要是以这园子里的声响来对应四季呢?那么,春天是祭坛上空漂浮着的鸽子的哨音,夏天是冗长的蝉歌和杨树叶子哗啦啦地对蝉歌的取笑,秋天是古殿檐头的风铃响,冬天是啄木鸟随意而空旷的啄木声。以园中的景物对应四季，春天是一径时而苍白时而黑润的小路，时而明朗时而阴晦的天上摇荡着串串杨花；夏天是一条条耀眼而灼人的石凳，或阴凉而爬满了青苔的石阶，阶下有果皮，阶上有半张被坐皱的报纸；秋天是一座青铜的大钟，在园子的西北角上曾丢弃着一座很大的铜钟，铜钟与这园子一般年纪，浑身挂满绿锈，文字已不清晰；冬天，是林中空地上几只羽毛蓬松的老麻雀。以心绪对应四季呢？春天是卧病的季节，否则人们不易发觉春天的残忍与渴望；夏天，情人们应该在这个季节里失恋，不然就似乎对不起爱情；秋天是从外面买一棵盆花回家的时候，把花搁在阔别了的家中，并且打开窗户把阳光也放进屋里，慢慢回忆慢慢整理一些发过霉的东西；冬天伴着火炉和书，一遍遍坚定不死的决心，写一些并不发出的信。还可以用艺术形式对应四季，这样春天就是一幅画，夏天是一部长篇小说，秋天是一首短歌或诗，冬天是一群雕塑。以梦呢？以梦对应四季呢？

春天是树尖上的呼喊,夏天是呼喊中的细雨,秋天是细雨中的土地,冬天是干净的土地上的一只孤零的烟斗。

因为这园子,我常感恩于自己的命运。

我甚至现在就能清楚地看见,一旦有一天我不得不长久地离开它,我会怎样想念它,我会怎样想念它并且梦见它,我会怎样因为不敢想念它而梦也梦不到它。

四

现在让我想想,十五年中坚持到这园子来的人都有谁呢?好像只剩了我和一对老人。

十五年前,这对老人还只能算是中年夫妇,我则货真价实还是个青年。他们总是在薄暮时分来园中散步,我不大弄得清他们是从哪边的园门进来,一般来说他们是逆时针绕这园子走。男人个子很高,肩宽腿长,走起路来目不斜视,胯以上直至脖颈挺直不动;他的妻子攀了他一条胳膊走，也不能使他的上身稍有松懈。女人个子却矮，也不算漂亮，我无端地相信她必出身于家道中衰的名门富族；她攀在丈夫胳膊上像个娇弱的孩子，她向四周观望似总含着恐惧，她轻声与丈夫谈话，见有人走近就立刻怯怯地收住话头。我有时因为他们而想起冉阿让与柯赛特，但这想法并不巩固，他们一望即知是老夫老妻。两个人的穿着都算得上考究，但由于时代的演进，他们的服饰又可以称为古朴了。他们和我一样，到这园子里来几乎是风雨无阻，不过他们比我守时。我什么时间都可能来，他们则一定是在暮色初临的时候。刮风时他们穿了米色风衣，下雨时他们打了黑色的雨伞，夏天他们的衬衫是白色的裤子是黑色的或米色的，冬天他们的呢子大衣又都是黑色的，想必他们只喜欢这三种颜色。他们逆时针绕这园子一周，然后离去。他们走过我身旁时只有男人的脚步响，女人像是贴在高大的丈夫身上跟着漂移。我相信他们一定对我有印象，但是我们没有说过话，我们互相都没有想要接近的表示。十五年中，他们或许注意到一个小伙子进入了中年，我则看着一对令人羡慕的中年情侣不觉中成了两个老人。

曾有过一个热爱唱歌的小伙子，他也是每天都到这园中来，来唱歌，唱了好多年，后来不见了。他的年纪与我相仿，他多半是早晨来，唱半小时或整整唱一个上午，估计在另外的时间里他还得上班。我们经常在祭坛东侧的小路上相遇，我知道他是到东南角的高墙下去唱歌，他一定猜想我去东北角的树林里做什么。我找到我的地方，抽几口烟，便听见他谨慎地整理歌喉了。他反反复复唱那么几首歌。"文化革命"没过去的时候，他唱"蓝蓝的天上白云飘，白云下面马儿跑……"我老也记不住这歌的名字。"文革"后，他唱《货郎与小姐》中那首最为流传的咏叹调："卖布——卖布嘞，卖布——卖布嘞！"我记得这开头的一句他唱得很有声势，在早晨清澈的空气中，货郎跑遍园中的每一个角落去恭维小姐。"我交了好运气，我交了好运气，我为幸福唱歌曲……"然后他就一遍一遍地唱，不让货郎的激情稍减。依我听来，他的技术不算精到，在关键的地方常出差错，但他的嗓子是相当不坏的，而且唱一个上午也听不出一点儿疲惫。太阳也不疲惫，把大树的影子缩小成一团，把疏忽大意的蚯蚓晒干在小路上。将近中午，我们又在祭坛东侧相遇，他看一看我，我看一看他，他往北去，我往南去。日子久了，我感到我们都有结识的愿望，但似乎都不知如何开口，于是互相注视一下终又都移开目光擦身而过，这样的次数一多，便更不知如何开口了。终于有一天——一个丝毫没有特点的日子，我们互相点了一下头。他说："你好。"我说："你好。"他说："回去啦？"我说："是，你呢？"他说："我也该回去了。"我们都放慢脚步（其实我是放慢车速），想再多说几句，但仍然是不知从何说起，这样我们就都走过了对方，又都扭转身子面向对方。他说："那就再见吧。"我说："好，再见。"便互相笑笑各走各的路了。但是我们没有再见，那以后，园中再没了他的歌声，我才想到，那天他或许是有意与我道别的，也许他考上哪家专业的文工团或歌舞团了吧？真希望他如他歌里所唱的那样，交了好运气。

还有一些人，我还能想起一些常到这园子里来的人。有一个老头儿，算得一个真正的饮者；他在腰间挂一个扁瓷瓶，瓶里当然装满了酒，常来这园中消磨午后的时光。他在园中四处游逛，如果你不注意你会以为园中有好几个这样的老头儿，等你看过了他卓尔不群的饮酒情状，你就会相信这是个独一无二的老头儿。他的衣着过分随便，走路的姿态也不慎重，走上五六十米路便选定一处地方，一只脚踏在石凳上或土埂上或树墩上，解下腰间的酒瓶，解酒瓶的当儿眯起眼睛把一百八十度视角内的景物细细看一遭，然后以迅雷不及掩耳之势倒一大口酒入肚，把酒瓶摇一摇再挂向腰间，平心静气地想一会儿什么，便走下一个五六十米去。还有一个捕鸟的汉子，那岁月园中人少，鸟却多，他在西北角的树丛中拉一张网，鸟撞在上面，羽毛饯在网眼里便不能自拔。他单等一种过去很多而现在非常罕见的鸟，其他的鸟撞在网上他就把它们摘下来放掉，他说已经有好多年没等到那种罕见的鸟了，他说他再等一年看看到底还有没有那种鸟，结果他又等了好多年。早晨和傍晚，在这园子里可以看见一个中年女工程师，早晨她从北向南穿过这园子去上班，傍晚她从南向北穿过这园子回家。事实上我并不了解她的职业或者学历，但我以为她必是个学理工的知识分子，别样的人很难有她那般的素朴并优雅。当她在园中穿行的时刻，四周的树林也仿佛更加幽静，清淡的日光中竟似有悠远的琴声，比如说是那曲《献给艾丽丝》才好。我没有见过她的丈夫，没有见过那个幸运的男人是什么样子，我想象过却想象不出，后来忽然懂了想象不出才好，那个男人最好不要出现。她走出北门回家去，我竟有点担心，担心她会落入厨房，不过，也许她在厨房里劳作的情景更有另外的美吧，当然不能再是《献给艾丽丝》，是个什么曲子呢？还有一个人，是我的朋友，他是个最有天赋的长跑家，但他被埋没了。他因为在"文革"中出言不慎而坐了几年牢，出来后好不容易找了个拉板车的工作，样样待遇都不能与别人平等，苦闷极了便练习长跑。那时他总来这园子里跑，我用手表为他计时，他每跑一圈向我招一下手，我就记下一个时间。每次他要环绕这园子跑二十圈，大约两万米。他盼望以他的长跑成绩来获得政治上真正的解放，他以为记者的镜头和文字可以帮他做到这一点。第一年他在春节环城赛上跑了第十五名，他看见前十名的照片都挂在了长安街的新闻橱窗里，于是有了信心。第二年他跑了第四名，可是新闻橱窗里只挂了前三名的照片，他没灰心。第三年他跑了第七名，橱窗里挂前六名的照片，他有点怨自己。第四年他跑了第三名，橱窗里却只挂了第一名的照片。第五年他跑了第一名——他几乎绝望了，橱窗里只有一幅环城赛群众场面的照片。那些年我们俩常一起在这园子里待到天黑，开怀痛骂，骂完沉默着回家,分手时再互相叮嘱:先别去死,再试着活一活看。现在他已经不跑了,年岁太大了,跑不了那么快了。最后一次参加环城赛,他以三十八岁之龄又得了第一名并破了纪录,有一位专业队的教练对他说:"我要是十年前发现你就好了。"他苦笑一下什么也没说,只在傍晚又来这园中找到我,把这事平静地向我叙说一遍。不见他已有好几年了,现在他和妻子和儿子住在很远的地方。

这些人现在都不到园子里来了,园子里差不多完全换了一批新人。十五年前的旧人,现在就剩我和那对老夫老妻了。有那么一段时间,这老夫老妻中的一个也忽然不来,薄暮时分惟男人独自来散步,步态也明显迟缓了许多,我悬心了很久,怕是那女人出了什么事。幸好过了一个冬天那女人又来了,两个人仍是逆时针绕着园子走,一长一短两个身影恰似钟表的两支指针;女人的头发白了很多,但依旧攀着丈夫的胳膊走得像个孩子。"攀"这个字用得不恰当了,或许可以用"搀"吧,不知有没有兼具这两个意思的字。

五

我也没有忘记一个孩子——一个漂亮而不幸的小姑娘。十五年前的那个下午,我第一次到这园子里来就看见了她,那时她大约三岁,蹲在斋宫西边的小路上捡树上掉落的"小灯笼"。那儿有几棵大栾树,春天开一簇簇细小而稠密的黄花,花落了便结出无数如同三片叶子合抱的小灯笼,小灯笼先是绿色,继而转白,再变黄,成熟了掉落得满地都是。小灯笼精巧得令人爱惜,成年人也不免捡了一个还要捡一个。小姑娘咿咿呀呀地跟自己说着话,一边捡小灯笼。她的嗓音很好,不是她那个年龄所常有的那般尖细,而是很圆润甚或是厚重,也许是因为那个下午园子里太安静了。我奇怪这么小的孩子怎么一个人跑来这园子里。我问她住在哪儿,她随手指一下,就喊她的哥哥,沿墙根一带的茂草之中便站起一个七八岁的男孩儿,朝我望望,看我不像坏人便对他的妹妹说"我在这儿呢",又伏下身去;他在捉什么虫子。他捉到螳螂、蚂蚱、知了和蜻蜓,来取悦他的妹妹。有那么两三年,我经常在那几棵大栾树下见到他们,兄妹俩总是在一起玩儿,玩儿得和睦融洽,都渐渐长大了些。之后有很多年没见到他们。我想他们都在学校里吧,小姑娘也到了上学的年龄,必是告别了孩提时光,没有很多机会来这儿玩儿了。这事很正常,没理由太搁在心上,若不是有一年我又在园中见到他们,肯定就会慢慢把他们忘记。

那是个礼拜日的上午。那是个晴朗而令人心碎的上午。时隔多年,我竟发现那个漂亮的小姑娘原来是个弱智的孩子。我摇着车到那几棵大栾树下去,恰又是遍地落满了小灯笼的季节。当时我正为一篇小说的结尾所苦,既不知为什么要给它那样一个结尾,又不知何以忽然不想让它有那样一个结尾,于是从家里跑出来,想依靠着园中的镇静,看看是否应该把那篇小说放弃。我刚刚把车停下,就见前面不远处有几个人在戏耍一个少女，做出怪样子来吓她，又喊又笑地追逐她拦截她。少女在几棵大树间惊惶地东跑西躲，却不松手揪卷在怀里的裙裾，两条腿袒露着也似毫无察觉。我看出少女的智力是有些缺陷，却还没看出她是谁。我正要驱车上前为少女解围，就见远处飞快地骑车来了个小伙子，于是那几个戏耍少女的家伙望风而逃。小伙子把自行车支在少女近旁，怒目望着那几个四散逃窜的家伙，一声不吭喘着粗气，脸色如暴雨前的天空一样一会儿比一会儿苍白。这时我认出了他们，小伙子和少女就是当年那对小兄妹。我几乎是在心里惊叫了一声，或者是哀号。世上的事常常使上帝的居心变得可疑。小伙子向他的妹妹走去。少女松开了手，裙裾随之垂落下来，很多很多她捡的小灯笼便洒落一地，铺散在她脚下。她仍然算得漂亮，但双眸迟滞没有光彩。她呆呆地望着那群跑散的家伙，望着极目之处的空寂，凭她的智力绝不可能把这个世界想明白吧？大树下，破碎的阳光星星点点，风把遍地的小灯笼吹得滚动，仿佛喑哑地响着的无数小铃铛。哥哥把妹妹扶上自行车后座，带着她无言地回家去了。

无言是对的。要是上帝把漂亮和弱智这两样东西都给了这个小姑娘，就只有无言和回家去是对的。

谁又能把这世界想个明白呢？世上的很多事是不堪说的。你可以抱怨上帝何以要降诸多苦难给这人间，你也可以为消灭种种苦难而奋斗，并为此享有崇高与骄傲，但只要你再多想一步你就会坠入深深的迷茫了：假如世界上没有了苦难，世界还能够存在吗？要是没有愚钝，机智还有什么光荣呢？要是没了丑陋，漂亮又怎么维系自己的幸运？要是没有了恶劣和卑下，善良与高尚又将如何界定自己如何成为美德呢？要是没有了残疾，健全会否因其司空见惯而变得腻烦和乏味呢？我常梦想着在人间彻底消灭残疾，但可以相信，那时将由患病者代替残疾人去承担同样的苦难。如果能够把疾病也全数消灭，那么这份苦难又将由（比如说）相貌丑陋的人去承担了。就算我们连丑陋，连愚昧和卑鄙和一切我们所不喜欢的事物和行为，也都可以统统消灭掉，所有的人都一样健康、漂亮、聪慧、高尚，结果会怎样呢？怕是人间的剧目就全要收场了，一个失去差别的世界将是一潭死水，是一块没有感觉也没有肥力的沙漠。

看来差别永远是要有的。看来就只好接受苦难——人类的全部剧目需要它，存在的本身需要它。看来上帝又一次对了。

于是就有一个最令人绝望的结论等在这里：由谁去充任那些苦难的角色？又由谁去体现这世间的幸福、骄傲和欢乐？只好听凭偶然，是没有道理好讲的。

就命运而言，休论公道。

那么，一切不幸运命的救赎之路在哪里呢？

设若智慧或悟性可以引领我们去找到救赎之路，难道所有的人都能够获得这样的智慧和悟性吗？

我常以为是丑女造就了美人。我常以为是愚

氓举出了智者。我常以为是懦夫衬照了英雄。我常以为是众生度化了佛祖。

六

设若有一位园神，他一定早已注意到了，这么多年我在这园里坐着，有时候是轻松快乐的，有时候是沉郁苦闷的，有时候优哉游哉，有时候悒惶落寞，有时候平静而且自信，有时候又软弱又迷茫。其实总共只有三个问题交替着来骚扰我，来陪伴我。第一个是要不要去死？第二个是为什么活？第三个，我干吗要写作？

现在让我看看，它们迄今都是怎样编织在一起的吧。

你说，你看穿了死是一件无须乎着急去做的事，是一件无论怎样耽搁也不会错过的事，便决定活下去试试？是的，至少这是很关键的因素。为什么要活下去试试呢？好像仅仅是因为不甘心，机会难得，不试白不试，腿反正是完了，一切仿佛都要完了,但死神很守信用,试一试不会额外再有什么损失。说不定倒有额外的好处呢是不是?我说过,这一来我轻松多了,自由多了。为什么要写作呢?"作家"是两个被人看重的字,这谁都知道。为了让那个躲在园子深处坐轮椅的人,有朝一日在别人眼里也稍微有点光彩,在众人眼里也能有个位置,哪怕那时再去死呢,也就多少说得过去了。开始的时候就是这样想,这不用保密。这些现在不用保密了。

我带着本子和笔,到园中找一个最不为人打扰的角落,偷偷地写。那个爱唱歌的小伙子在不远的地方一直唱。要是有人走过来,我就把本子合上把笔叼在嘴里。我怕写不成反落得尴尬。我很要面子。可是你写成了,而且发表了。人家说我写得还不坏,他们甚至说:真没想到你写得这么好。我心说你们没想到的事还多着呢。我确实有整整一宿高兴得没合眼。我很想让那个唱歌的小伙子知道,因为他的歌也毕竟是唱得不错。我告诉我的长跑家朋友的时候,那个中年女工程师正优雅地在园中穿行。长跑家很激动,他说好吧,我玩儿命跑,你玩儿命写。这一来你中了魔了,整天都在想哪一件事可以写,哪一个人可以让你写成小说。是中了魔了,我走到哪儿想到哪儿,在人山人海里只寻找小说,要是有一种小说试剂就好了,见人就滴两滴看他是不是一篇小说,要是有一种小说显影液就好了,把它泼满全世界看看都是哪儿有小说,中了魔了,那时我完全是为了写作活着。结果你又发表了几篇,并且出了一点小名,可这时你越来越感到恐慌。我忽然觉得自己活得像个人质,刚刚有点像个人了却又过了头,像个人质,被一个什么阴谋抓了来当人质,不定哪天就被处决,不定哪天就完蛋。你担心要不了多久你就会文思枯竭,那样你就又完了。凭什么我总能写出小说来呢?凭什么那些适合作小说的生活素材就总能送到一个截瘫者跟前来呢?人家满世界跑都有枯竭的危险,而我坐在这园子里凭什么可以一篇接一篇地写呢?你又想到死了。我想见好就收吧。当一名人质实在是太累了太紧张了,太朝不保夕了。我为写作而活下来,要是写作到底不是我应该干的事,我想,我再活下去是不是太冒傻气了?你这么想着你却还在绞尽脑汁地想写。我好歹又拧出点水来,从一条快要晒干的毛巾上。恐慌日甚一日,随时可能完蛋的感觉比完蛋本身可怕多了,所谓不怕贼偷就怕贼惦记,我想人不如死了好,不如不出生的好,不如压根儿没有这个世界的好。可你并没有去死。我又想到那是一件不必着急的事。可是不必着急的事并不证明是一件必要拖延的事呀!你总是决定活下来,这说明什么?是的,我还是想活。人为什么活着?因为人想活着,说到底是这么回事,人真正的名字叫作:欲望。可我不怕死,有时候我真的不怕死。有时候——说对了。不怕死和想去死是两回事,有时候不怕死的人是有的,一生下来就不怕死的人是没有的。我有时候倒是怕活。可是怕活不等于不想活呀!可我为什么还想活呢?因为你还想得到点什么,你觉得你还是可以得到点什么的,比如说爱情,比如说价值感之类，人真正的名字叫欲望。这不对吗？我不该得到点什么吗？没说不该。可我为什么活得恐慌，就像个人质？后来你明白了，你明白你错了，活着不是为了写作，而写作是为了活着。你明白了这一点是在一个挺滑稽的时刻。那天你又说你不如死了好，你的一个朋友劝你：你不能死，你还得写呢，还有好多好作品等着你去写呢。这时候你忽然明白了，你说：只是因为我活着，我才不得不写作。或者说只是因为你还想活下去，你才不得不写作。是的，这样说过之后我竟然不那么恐慌了。就像你看穿了死之后所得的那份轻松？一个人质报复一场阴谋的最有效的办法是把自己杀死。我看出我得先把我杀死在市场上，那样我就不用参加抢购题材的风潮了。你还写吗？还写。你真的不得不写吗？人都忍不住要为生存找一些牢靠的理由。你不担心你会枯竭了？我不知道，不过我想，活着的问题在死之前是完不了的。

这下好了，您不再恐慌了不再是个人质了，

您自由了。算了吧你,我怎么可能自由呢?别忘了人真正的名字是:欲望。所以您得知道,消灭恐慌的最有效的办法就是消灭欲望。可是我还知道,消灭人性的最有效的办法也是消灭欲望。那么,是消灭欲望同时也消灭恐慌呢,还是保留欲望同时也保留人性?

我在这园子里坐着,我听见园神告诉我:每一个有激情的演员都难免是一个人质。每一个懂得欣赏的观众都巧妙地粉碎了一场阴谋。每一个乏味的演员都是因为他老以为这戏剧与自己无关。每一个倒霉的观众都是因为他总是坐得离舞台太近了。

我在这园子里坐着,园神成年累月地对我说:孩子,这不是别的,这是你的罪孽和福祉。

七

要是有些事我没说,地坛,你别以为是我忘了,我什么也没忘,但是有些事只适合收藏。不能说,也不能想,却又不能忘。它们不能变成语言,它们无法变成语言,一旦变成语言就不再是它们了。它们是一片朦胧的温馨与寂寥,是一片成熟的希望与绝望,它们的领地只有两处:心与坟墓。比如说邮票,有些是用于寄信的,有些仅仅是为了收藏。

如今我摇着车在这园子里慢慢走,常常有一种感觉,觉得我一个人跑出来已经玩儿得太久了。有一天我整理我的旧相册,看见一张十几年前我在这园子里照的照片——那个年轻人坐在轮椅上,背后是一棵老柏树,再远处就是那座古祭坛。我便到园子里去找那棵树。我按着照片上的背景找很快就找到了它,按着照片上它枝干的形状找,肯定那就是它。但是它已经死了,而且在它身上缠绕着一条碗口粗的藤萝。我当然记得园工们种那棵藤萝时的情景,我却不记得是在什么时候它已经长到了碗口粗。有一天我在这园子里碰见一个老太太,她说:"哟,你还在这儿哪?"她问我:"你母亲还好吗?""您是谁?""你不记得我,我可记得你。有一回你母亲来这儿找你,她问我您看没看见一个摇轮椅的孩子?……"我忽然觉得,我一个人跑到这世界上来玩儿真是玩儿得太久了。有一天夜晚,我独自坐在祭坛边的路灯下看书,忽然从那漆黑的祭坛里传出一阵阵唢呐声。四周都是参天古树,方形的祭坛占地几百平米空旷坦荡独对苍天,我看不见那个吹唢呐的人,惟唢呐声在星光寥寥的夜空里低吟高唱,时而悲怆时而欢快,时而缠绵时而苍凉,或许这几个词都不足以形容它,我清清醒醒地听出它响在过去,响在现在,响在未来,回旋飘转亘古不散。

必有一天,我会听见喊我回去。

那时您可以想象一个孩子,他玩儿累了可他还没玩儿够呢,心里好些新奇的念头甚至等不及到明天。也可以想象是一个老人,无可置疑地走向他的安息地,走得任劳任怨。还可以想象一对热恋中的情人,互相一次次说"我一刻也不想离开你",又互相一次次说"时间已经不早了",

时间不早了可我一刻也不想离开你，一刻也不想离开你可时间毕竟是不早了。

我说不好我想不想回去。我说不好是想还是不想，还是无所谓。我说不好我是像那个孩子，还是像那个老人，还是像一个热恋中的情人。很可能是这样：我同时是他们三个。我来的时候是个孩子，他有那么多孩子气的念头所以才哭着喊着闹着要来，他一来一见到这个世界便立刻成了不要命的情人，而对一个情人来说，不管多么漫长的时光也是稍纵即逝，那时他便明白，每一步每一步，其实一步步都是走在回去的路上。当牵牛花初开的时节，葬礼的号角就已吹响。

但是太阳，他每时每刻都是夕阳也都是旭日。当他熄灭着走下山去收尽苍凉残照之际，正是他在另一面燃烧着爬上山巅布散烈烈朝晖之时。有一天，我也将沉静着走下山去，扶着我的拐杖。那一天，在某一处山洼里，势必会跑上来一个欢蹦的孩子，抱着他的玩具。

当然，那不是我。

但是,那不是我吗?

宇宙以其不息的欲望将一个歌舞炼为永恒。

这欲望有怎样一个人间的姓名,大可忽略不计。

　　　　写于八九年五月五日
　　　　修改于九〇年一月七日

我二十一岁那年

友谊医院神经内科病房有十二间病室,除去1号2号,其余十间我都住过。当然,绝不为此骄傲。即便多么骄傲的人,据我所见,一躺上病床也都谦恭。1号和2号是病危室,是一步登天的地方,上帝认为我住那儿为时尚早。

十九年前,父亲搀扶着我第一次走进那病房。那时我还能走,走得艰难,走得让人伤心就是了。当时我有过一个决心：要么好，要么死，一定不再这样走出来。

正是晌午，病房里除了病人的微鼾，便是护士们轻极了的脚步，满目洁白，阳光中飘浮着药水的味道，如同信徒走进了庙宇，我感觉到了希望。一位女大夫把我引进10号病室。她贴近我的耳朵轻轻柔柔地问："午饭吃了没？"我说："您说我的病还能好吗？"她笑了笑。记不得她怎样回答了，单记得她说了一句什么之后，父亲的愁眉也略略地舒展。女大夫步履轻盈地走后，我永远留住了一个偏见：女人是最应该当大夫的，白大褂是她们最优雅的服装。

那天恰是我二十一岁生日的第二天。我对医学对命运都还未及了解，不知道病出在脊髓上将是一件多么麻烦的事。我舒心地躺下来睡了个好觉。心想：十天，一个月，好吧就算是三个月，然后我就又能是原来的样子了。和我一起插队的同学来看我时，也都这样想；他们给我带来很多书。

10号有六个床位。我是6床。5床是个农民，他天天都盼着出院。"光房钱一天就一块一毛五，你算算得啦，"5床说，"死呗可值得了这么些？"3床就说："得了嘿，你有完没完！死死死，数你悲观。"4床是个老头儿，说："别价别价，咱毛主席有话啦——既来之，则安之。"农民便带笑地把目光转向我，却是对他们说："敢情你们都有公费医疗。"他知道我还在与贫下中农相结合。1床不说话，1床一旦说话即可出院。2床像是个有些来头的人，举手投足之间便赢得大伙儿的敬畏。2床幸福地把一切名词都忘了，包括忘了自己的姓名。2床讲话时，所有名词都以"这个""那个"代替，因而讲到一些轰轰烈烈的事迹却听不出是谁人所为。4床说："这多好，不得罪人。"

我不搭茬儿。刚有的一点舒心顷刻全光。一天一块多房钱都要从父母的工资里出，一天好几块的药钱、饭钱都要从父母的工资里出，何况为了给我治病家中早已是负债累累了。我马上就想那农民之所想了：什么时候才能出院呢？我赶紧松开拳头让自己放明白点：这是在医院不是在家里，这儿没人会容忍我发脾气，而且砸坏了什么还不是得用父母的工资去赔？所幸身边有书，想来想去只好一头埋进书里去，好吧好吧，就算是三个月！我平白地相信这样一个期限。

可是三个月后我不仅没能出院，病反而更厉害了。

那时我和2床一起住到了7号。2床果然不同寻常，是位局长，11级干部，但还是多了一级，非10级以上者无缘去住高干病房的单间。7号是这普通病房中惟一仅设两张病床的房间，最接近单间，故一向由最接近10级的人去住。据说刚有个13级从这儿出去。2床搬来名正言顺。我呢？护士长说是"这孩子爱读书"，让我帮助2床把名词重新记起来。"你看他连自己是谁都闹不清了。"护士长说。但2床却因此越来越让人喜欢，因为"局长"也是名词也在被忘之列,我们之间的关系日益平等、融洽。有一天他问我:"你是干什么的?"我说:"插队的。"2床说他的"那个"也是,两个"那个"都是,他在高出他半个头的地方比画一下:"就是那两个,我自己养的。""您是说您的两个儿子?"他说对,儿子。他说好哇,革命嘛就不能怕苦,就是要去结合。他说:"我们当初也是从那儿出来的嘛。"我说:"农村?""对对对。什么?""农村。""对对对农村。别忘本呀!"我说是。我说:"您的家乡是哪儿?"他于是抱着头想好久。这一回我也没办法提醒他。最后他骂一句,不想了,说:"我也放过那玩意儿。"他在头顶上伸直两个手指。"是牛吗?"他摇摇头,手往低处一压。"羊?""对了,羊。我放过羊。"他躺下,双手垫在脑后,甜甜蜜蜜地望着天花板老半天不言语。大夫说他这病叫作"角回综合征,命名性失语",并不影响其他记忆,尤其是遥远的往事更都记得清楚。我想局长到底是局长,比我会得病。他忽然又坐起来:"我的那个,喂,小什么来?""小儿子?""对!"他怒气冲冲地跳到地上,说:"那个小玩意儿,娘个×!"说:"他要去结合,我说好嘛我支持。"说:"他来信要钱,说要办个这个。"他指了指周围。我想"那个小玩意儿"可能是要办个医疗站。他说:"好嘛,要多少?我给。可那个小玩意儿!"他背着手气哼哼地来回走,然后停住,两手一摊,"可他又要在那儿结婚!""在农村?""对,农村。""跟农民?""跟农民。"无论是根据我当时的思想觉悟,还是根据报纸电台当时的宣传倡导,这都是值得肃然起敬的。"扎根派。"我钦佩地说。"娘了个×派!"他说,"可你还要不要回来吗?"这下我有点儿发蒙。见我愣着,他又一跺脚,补充道:"可你还要不要革命?!"这下我懂了,先不管革命是什么,2床的坦诚都令人欣慰。

不必去操心那些玄妙的逻辑了。整个冬天就快过去,我反倒拄着拐杖都走不到院子里去了,双腿日甚一日地麻木,肌肉无可遏止地萎缩,这才是需要发愁的。

我能住到7号来，事实上是因为大夫护士们都同情我。因为我还这么年轻，因为我是自费医疗，因为大夫护士都已经明白我这病的前景极为不妙，还因为我爱读书——在那个"知识越多越反动"的年代，大夫护士们尤为喜爱一个爱读书的孩子。他们都还把我当孩子。他们的孩子有不少也在插队。护士长好几次在我母亲面前夸我，最后总是说："唉，这孩子……"这一声叹，暴露了当代医学的爱莫能助。他们没有别的办法帮助我，只能让我住得好一点，安静些，读读书吧——他们可能是想，说不定书中能有"这孩子"一条路。

可我已经没了读书的兴致。整日躺在床上，听各种脚步从门外走过；希望他们停下来，推门进来，又希望他们千万别停，走过去走你们的路去别来烦我。心里荒荒凉凉地祈祷：上帝如果你不收我回去，就把能走路的腿也给我留下！我确曾在没人的时候双手合十，出声地向神灵许过愿。多年以后才听一位无名的哲人说过：危卧病榻，难有无神论者。如今来想，有神无神并不值得争论，但在命运的混沌之点，人自然会忽略着科学，向虚冥之中寄托一份虔敬的祈盼。正如迄今人类最美好的向往也都没有实际的验证，但那向往并不因此消灭。

主管大夫每天来查房，每天都在我的床前停留得最久："好吧，别急。"按规矩主任每星期查一次房，可是几位主任时常都来看看我："感觉怎么样？嗯，一定别着急。"有那么些天全科的大夫都来看我，八小时以内或以外，单独来或结队来，检查一番各抒主张，然后都对我说："别着急，好吗？千万别急。"从他们谨慎的言谈中我渐渐明白了一件事：我这病要是因为一个肿瘤的捣鬼，把它找出来切下去随便扔到一个垃圾桶里，我就还能直立行走，否则我多半就把祖先数百万年进化而来的这一优势给弄丢了。

窗外的小花园里已是桃红柳绿，二十二个春天没有哪一个像这样让人心抖。我已经不敢去羡慕那些在花丛树行间漫步的健康人和在小路上打羽毛球的年轻人。我记得我久久地看过一个身着病服的老人，在草地上踱着方步晒太阳——只要这样我想只要这样！只要能这样就行了就够了！我回忆脚踩在软软的草地上是什么感觉，想走到哪儿就走到哪儿是什么感觉，踢一颗路边的石子，踢着它走是什么感觉。没这样回忆过的人不会相信，那竟是回忆不出来的！老人走后我仍呆望着那块草地，阳光在那儿慢慢地淡薄，脱离，凝作一缕孤哀凄寂的红光一步步爬上墙，爬上楼顶……我写下一句歪诗：轻拨小窗看春色，漏入人间一斜阳。日后我摇着轮椅特意去看过那块草地，并从那儿张望7号窗口，猜想那玻璃后面现在住的谁，上帝打算为他挑选什么前程，当然，上帝用不着征求他的意见。

我乞求上帝不过是在和我开着一个临时的玩笑——在我的脊椎里装进了一个良性的瘤子。对对，它可以长在椎管内，但必须要长在软膜外，那样才能把它剥离而不损坏那条珍贵的脊髓。"对不对，大夫？""谁告诉你的？""对不对吧?"大夫说:"不过,看来不太像肿瘤。"我用目光在所有的地方写下"上帝保佑",我想,或许把这四个字写到千遍万遍就会赢得上帝的怜悯,让它是个瘤子,一个善意的瘤子。要么干脆是个恶毒的瘤子,能要命的那一种,那也行。总归得是瘤子,上帝!

朋友送了我一包莲子,无聊时我捡几颗泡在瓶子里,想,赌不赌一个愿?——要是它们能发芽,我的病就不过是个瘤子。但我战战兢兢地一直没敢赌。谁料几天后莲子竟都发芽。我想好吧我赌!我想其实我压根儿是倾向于赌的。我想倾向于赌事实上就等于是赌了。我想现在我还敢赌——它们一定能长出叶子!(这是明摆着的。)我每天给它们换水,早晨把它们移到窗台西边,下午再把它们挪到东边,让它们总在阳光里;为此我抓住床栏走,扶住窗台走,几米路我走得大汗淋漓。这事我不说,没人知道。不久,它们长出一片片圆圆的叶子来。"圆",又是好兆。我更加周到地侍候它们,坐回到床上气喘吁吁地望着它们,夜里醒来在月光中也看看它们:好了,我要转运了。并且忽然注意到"莲"与"怜"谐音,毕恭毕敬地想:上帝终于要对我发发慈悲了吧?这些事我不说没人知道。叶子长出了瓶口,闲人要去摸,我不让,他们硬是摸了呢,我便在心里加倍地祈祷几回。这些事我不说,现在也没人知道。然而科学胜利了,它三番五次地说那儿没有瘤子,没有没有。果然,上帝直接在那条娇嫩的脊髓上做了手脚!定案之日,我像个冤判的屈鬼那样疯狂地作乱,挣扎着站起来,心想干吗不能跑一回给那个没良心的上帝瞧瞧?后果很简单,如果你没摔死你必会明白:确实,你干不过上帝。

我终日躺在床上一言不发,心里先是完全的空白,随后由着一个死字去填满。王主任来了。(那个老太太,我永远忘不了她。还有张护士长。八年以后和十七年以后,我有两次真的病到了死神门口,全靠这两位老太太又把我抢下来。)

我面向墙躺着，王主任坐在我身后许久不说什么，然后说了，话并不多，大意是：还是看看书吧，你不是爱看书吗？人活一天就不要白活。将来你工作了，忙得一点儿时间都没有，你会后悔这段时光就让它这么白白地过去了。这些话当然并不能打消我的死念，但这些话我将受用终生，在以后的若干年里我频繁地对死神抱有过热情，但在未死之前我一直记得王主任这些话，因而还是去做些事。使我没有去死的原因很多（我在另外的文章里写过），"人活一天就不要白活"亦为其一，慢慢地去做些事于是慢慢地有了活的兴致和价值感。有一年我去医院看她，把我写的书送给她，她已是满头白发了，退休了，但照常在医院里从早忙到晚。我看着她想，这老太太当年必是心里有数，知道我还不至去死，所以她单给我指一条活着的路。可是我不知道当年我搬离7号后，是谁最先在那儿发现过一团电线，并对此做过什么推想？那是个秘密，现在也不必说。假定我那时真的去死了呢？我想找一天去问问王主任。我想,她可能会说"真要去死那谁也管不了",可能会说"要是你找不到活着的价值,迟早还是想死",可能会说"想一想死倒也不是坏事,想明白了倒活得更自由",可能会说"不,我看得出来,你那时离死神还远着呢,因为你有那么多好朋友"。

友谊医院——这名字叫得好。"同仁""协和""博爱""济慈",这样的名字也不错,但或稍嫌冷静,或略显张扬,都不如"友谊"听着那么平易、亲近。也许是我的偏见。二十一岁末尾,双腿彻底背叛了我,我没死,全靠着友谊。还在乡下插队的同学不断写信来,软硬兼施劝骂并举,以期激起我活下去的勇气;已转回北京的同学每逢探视日必来看我,甚至非探视日他们也能进来。"怎进来的你们?""咳,闭上一只眼睛想一会儿就进来了。"这群插过队的,当年可以凭一张站台票走南闯北,甭担心还有他们走不通的路。那时我搬到了加号。加号原本不是病房,里面有个小楼梯间,楼梯间弃置不用了,余下的地方仅够放一张床,虽然窄小得像一节烟筒,但毕竟是单间,光景固不可比10级,却又非11级可比。这又是大夫护士们的一番苦心,见我的朋友太多,都是少男少女难免说笑得不管不顾,既不能影响了别人又不可剥夺了我的快乐,于是给了我10.5级的待遇。加号的窗口朝向大街,我的床紧挨着窗,在那儿我度过了二十一岁中最惬意的时光。每天上午我就坐在窗前清清静静地读书,很多名著我都是在那时读到的,也开始像模像样地学着外语。一过中午,我便直着眼睛朝大街上眺望,尤其注目骑车的年轻人和5路汽车的车站,盼着朋友们来。有那么一阵子我暂时忽略了死神。朋友们来了,带书来,带外面的消息来,带安慰和欢乐来,带新朋友来,新朋友又带新的朋友来,然后都成了老朋友。以后的多少年里,友谊一直就这样在我身边扩展,在我心里深厚。把加号的门关紧,我们自由地嬉笑怒骂,毫无顾忌地议论世界上所有的事,高兴了还可以轻声地唱点什么——陕北民歌，或插队知青自己的歌。晚上朋友们走了，在小台灯幽寂而又喧嚣的光线里，我开始想写点什么，那便是我创作欲望最初的萌生。我一时忘记了死，还因为什么？还因为爱情的影子在隐约地晃动。那影子将长久地在我心里晃动，给未来的日子带来幸福也带来痛苦，尤其带来激情，把一个绝望的生命引领出死谷。无论是幸福还是痛苦，都会成为永远的珍藏和神圣的纪念。

二十一岁、二十九岁、三十八岁，我三进三出友谊医院，我没死，全靠了友谊。后两次不是我想去勾结死神，而是死神对我有了兴趣；我高烧到四十多度，朋友们把我抬到友谊医院，内科说没有护理截瘫病人的经验，柏大夫就去找来王主任，找来张护士长，于是我又住进神内病房。尤其是二十九岁那次，高烧不退，整天昏睡、呕吐，差不多三个月不敢闻饭味，光用血管去喝葡萄糖，血压也不安定，先是低压升到一百二十接着高压又降到六十，大夫们一度担心我活不过那年冬天了——肾，好像是接近完蛋的模样，治疗手段又像是接近于无了。我的同学找柏大夫商量，他们又一起去找唐大夫：要不要把这事告诉我父亲？他们决定：不。告诉他，他还不是白着急？然后他们分了工：死的事由我那同学和柏大夫管，等我死了由他们去向我父亲解释；活着的我由唐大夫多多关照。唐大夫说："好，我以教学的理由留他在这儿，他活一天就还要想一天办法。"真是人不当死鬼神奈何其不得，冬天一过我又活了，看样子极可能活到下一个世纪去。唐大夫就是当年把我接进10号的那个女大夫，就是那个步履轻盈温文尔雅的女大夫，但八年过去她已是两鬓如霜了。又过了九年，我第三次住院时唐大夫已经不在。听说我又来了，科里的老大夫、老护士们都来看我，问候我，夸我的小说写得还不错，跟我叙叙家常，惟唐大夫不能来了。我知道她不能来了，她不在了。我曾摇着轮椅去给她送过一个小花圈，大家都说：她是累死的，她肯定是累死的！我永远记得她把我迎进病房的那个中午，她贴近我的耳边轻轻柔柔地问："午饭吃了没？"倏忽之间，怎么，她已经不在了？她不过才五十岁出头。这事真让人哑口无言，总觉得不大说得通，肯定是谁把逻辑摆弄错了。

但愿柏大夫这一代的命运会好些。实际只是当着众多病人时我才叫她柏大夫。平时我叫她"小柏"，她叫我"小史"。她开玩笑时自称是我的"私人保健医"，不过这不像玩笑这很近实情。近两年我叫她"老柏"她叫我"老史"了。十九年前的深秋，病房里新来了个卫生员，梳着短辫儿，戴一条长围巾穿一双黑灯芯绒鞋，虽是一口地道的北京城里话，却满身满脸的乡土气尚未退尽。"你也是插队的？"我问她。"你也是？"听得出来，她早已知道了。"你哪届？""老初二，你呢？""我六八，老初一。你哪儿？""陕北。你哪儿？""我内蒙古。"这就行了，全明白了，这样的招呼是我们这代人的专利，这样的问答立刻把我们拉近。我料定，几十年后这样的对话仍会在一些白发苍苍的人中间流行，仍是他们之间最亲切的问候和最有效的沟通方式；后世的语言学者会煞费苦心地对此做一番考证，正儿八经地写一篇论文去得一个学位。而我们这代人是怎样得一个学位的呢？十四五岁停学，十七八岁下乡，若干年后回城，得一个最被轻视的工作，但在农村待过了还有什么工作不能干的呢？同时学心不死业余苦读，好不容易上了个大学，毕业之后又被轻视——因为真不巧你是个"工农兵学员"，你又得设法摘掉这个帽子，考试考试考试这代人可真没少考试，然后用你加倍的努力让老的少的都服气，用你的实际水平和能力让人们相信你配得上那个学位——比如说，这就是我们这代人得一个学位的典型途径。这还不是最坎坷的途径。"小柏"变成"老柏"，那个卫生员成为柏大夫，大致就是这么个途径，我知道，因为我们已是多年的朋友。她的丈夫大体上也是这么走过来的，我们都是朋友了；连她的儿子也叫我"老史"。闲下来细细去品，这个

"老史"最令人羡慕的地方,便是一向活在友谊中。真说不定,这与我二十一岁那年恰恰住进了"友谊"医院有关。

因此偶尔有人说我是活在世外桃源,语气中不免流露了一点讥讽,仿佛这全是出于我的自娱甚至自欺。我颇不以为然。我既非活在世外桃源,也从不相信有什么世外桃源。但我相信世间桃源,世间确有此源,如果没有恐怕谁也就不想再活。倘此源有时弱小下去,依我看,至少讥讽并不能使其强大。千万年来它作为现实,更作为信念,这才不断。它源于心中再流入心中,它施于心又由于心,这才不断。欲其强大,舍心之虔诚又向何求呢?

也有人说我是不是一直活在童话里,语气中既有赞许又有告诫。赞许并且告诫,这很让我信服。赞许既在,告诫并不意指人们之间应该加固一条防线,而只是提醒我:童话的缺憾不在于它太美,而在于它必要走进一个更为纷繁而且严酷的世界,那时只怕它太娇嫩。

事实上二十一岁那年,上帝已经这样提醒我了,他早已把他的超级童话和永恒的谜语向我略露端倪。

住在4号时,我见过一个男孩儿。他那年七岁,家住偏僻的山村,有一天传说公路要修到他家门前了,孩子们都翘首以待好梦联翩。公路终于修到,汽车终于开来,乍见汽车,孩子们惊讶兼着胆怯,远远地看。日子一长孩子便有奇想,发现扒住卡车的尾巴可以威风凛凛地兜风,他们背着父母玩儿得好快活。可是有一次,只一次,这七岁的男孩儿失手从车上摔了下来。他住进医院时已经不能跑,四肢肌肉都在萎缩。病房里很寂寞,孩子一瘸一瘸地到处串;淘得过分了,病友们就说他:"你说说你是怎么伤的?"孩子立刻低了头,老老实实地一动不动。"说呀?""说,因为什么?"孩子嗫嚅着。"喂,怎么不说呀?给忘啦?""因为扒汽车。"孩子低声说。"因为淘气。"孩子补充道。他在诚心诚意地承认错误。大家都沉默，除了他自己谁都知道：这孩子伤在脊髓上，那样的伤是不可逆的。孩子仍不敢动，规规矩矩地站着用一双正在萎缩的小手擦眼泪。终于会有人先开口，语调变得哀柔："下次还淘不淘了？"孩子很熟悉这样的宽容或原谅，马上使劲摇头："不，不，不了！"同时松了一口气。但这一回不同以往，怎么没有人接着向他允诺"好啦，只要改了就还是好孩子"呢？他睁大眼睛去看每一个大人，那意思是：还不行吗？再不淘气了还不行吗？他不知道，他还不懂，命运中有一种错误是只能犯一次的，并没有改正的机会；命运中有一种并非是错误的错误（比如淘气，是什么错误呢？），但这却是不被原谅的。那孩子小名叫"五蛋"，我记得他，那时他才七岁，他不知道，他还不懂。未来，他势必有一天会知道，可他势必有一天就会懂吗？但无论如何，那一天就是一个童话的结尾。在所有童话的结尾处，让我们这样理解吧：上帝为了锤炼生命，将布设下一个残酷的谜语。

住在6号时,我见过有一对恋人。那时他们正是我现在的年纪,四十岁。他们是大学同学。男的二十四岁时本来就要出国留学,日期已定,行装都备好了,可命运无常,不知因为什么屁大的一点事不得不拖延一个月,偏就在这一个月里因为一次医疗事故他瘫痪了。女的对他一往情深,等着他,先是等着他病好,没等到;然后还等着他,等着他同意跟她结婚,还是没等到。外界的和内心的阻力重重,一年一年,男的既盼着她来又说服着她走。但一年一年,病也难逃爱也难逃,女的就这么一直等着。有一次她狠了狠心,调离北京到外地去工作了,但是斩断感情却不这么简单,而且再想调回北京也不这么简单,女的只要有三天假期也迢迢千里地往北京跑。男的那时病更重了,全身都不能动了,和我同住一个病室。女的走后,男的对我说过:你要是爱她,你就不能害她,除非你不爱她,可那你又为什么要结婚呢?男的睡着了,女的对我说过:我知道他这是爱我,可他不明白其实这是害我,我真想一走了事，我试过，不行，我知道我没法儿不爱他。女的走了男的又对我说过：不不，她还年轻，她还有机会，她得结婚，她这人不能没有爱。男的睡了女的又对我说过：可什么是机会呢？机会不在外边而在心里，结婚的机会有可能在外边，可爱情的机会只能在心里。女的不在时，我把她的话告诉男的，男的默然垂泪。我问他："你干吗不能跟她结婚呢？"他说："这你还不懂。"他说："这很难说得清，因为你活在整个这个世界上。"他说："所以，有时候这不是光由两个人就能决定的。"我那时确实还不懂。我找到机会又问女的："为什么不是两个人就能决定的？"她说："不，我不这么认为。"她说："不过确实，有时候这确实很难。"她沉吟良久，说："真的，跟你说你现在也不懂。"十九年过去了，那对恋人现在该已经都是老人。我不知道现在他们各自在哪儿，我只听说他们后来还是分手了。十九年中，我自己也有过爱情的经历了，现在要是有个二十一岁的人问我爱情都是什么，大概我也只能回答：真的，这可能从来就不是能说得清的。无论她是什么，她都很少属于语言，而是全部属于心的。还是那位台湾作家三毛说得对：爱如禅，不能说不能说，一说就错。那也是在一个童话的结尾处，上帝为我们能够永远地追寻着活下去，而设置的一个残酷却诱人的谜语。

二十一岁过去，我被朋友们抬着出了医院，这是我走进医院时怎么也没料到的。我没有死，也再不能走，对未来怀着希望也怀着恐惧。在以后的年月里，还将有很多我料想不到的事发生，我仍旧有时候默念着"上帝保佑"而陷入茫然。但是有一天我认识了神，他有一个更为具体的名字——精神。在科学的迷茫之处，在命运的混沌之点，人惟有乞灵于自己的精神。不管我们信仰什么，都是我们自己的精神的描述和引导。

          1990年12月7日

好运设计

要是今生遗憾太多，在背运的当儿，尤其在背运之后情绪渐渐平静了或麻木了，你独自待一会儿，抽支烟，不妨想一想来世。你不妨随心所欲地设想一下（甚至是设计一下）自己的来世。你不妨试试。在背运的时候，至少我觉得这不失为一剂良药——先可以安神，而后又可以振奋。就像输惯了的赌徒把屡屡的败绩置于脑后，输光了裤子也还是对下一局存着饱满的好奇和必赢的冲动。这没有什么不好。这有什么不好吗？无非是说迷信，好吧，你就迷信它一回。无非是说这不科学，行，况且对于走运和背运的事实，科学本来无能为力。无非说这是空想，这是自欺，这是做梦，没用。那么希望有用吗？希望是不是必得在被证明了是可以达到的之后才能成立？当然，这些差不多都是废话，背了运的时候哪想得起来这么多废话？背了运的时候只是想走运有多么好，要是能走运有多好。到底会有多好呢？想想吧，想想没什么坏处，干吗不想一想呢？我就常常这样去想，我常常浪费很多时间去做这样的蠢事。

我想，倘有来世，我先要占住几项先天的优越：聪明、漂亮和一副好身体。命运从一开始就不公平，人一生下来就有走运的和不走运的。譬如说一个人很笨，生来就笨，这该怨他自己吗？然而由此所导致的一切后果却完全要由他自己负责——他可能因此在兄弟姐妹之中是最不被父母喜爱的一个，他可能因此常受老师的斥责和同学们的嘲笑，他于是便更加自卑、更加委顿，饱受了轻蔑终也不知这事到底该怨谁。再譬如说，一个人生来就丑，相当丑，再怎么想办法去美容都无济于事，这难道是他的错误是他的罪过？不是。好，不是。那为什么就该他难得姑娘们的喜欢呢？因而婚事就变得格外困难，一旦有个漂亮姑娘爱上他却又赢得多少人的惊诧和不解；终于有了孩子，不要说别人就连他自己都希望孩子长得千万别像他自己。为什么就该他是这样呢？为什么就该他常遭取笑，常遭哭笑不得的外号，或者常遭怜悯，常遭好心人小心翼翼地对待呢？再说身体，有的人生来就肩宽腿长潇洒英俊（或者婀娜妩媚娉娉婷婷），生来就有一身好筋骨，跑得也快跳得也高，气力足耐力又好，精力旺盛，而且很少生病，可有的人却与此相反，生来就样样都不如人。对于身体，我的体会尤甚。譬如写文章，有的人写一整天都不觉得累，可我连续写上三四个钟头眼前就要发黑。譬如和朋友们一起去野游,满心欢喜妙想联翩地到了地方,大家的热情正高雅趣正浓,可我已经累得只剩了让大家扫兴的份儿了。所以我真希望来世能有一副好身体。今生就不去想它了,只盼下辈子能够谨慎投胎,有健壮优美如卡尔·刘易斯一般的身材和体质,有潇洒漂亮如周恩来一般的相貌和风度,有聪明智慧如阿尔伯特·爱因斯坦一般的大脑和灵感。

既然是梦想不妨就让它完美些罢。何必连梦想也那么拘谨那么谦虚呢?我便如醉如痴并且极端自私自利地梦想下去。

降生在什么地方也是件相当重要的事。二十年前插队的时候,我在偏远闭塞的陕北乡下,见过不少健康漂亮尤其聪慧超群的少年,当时我就想,他们要是生在一个恰当的地方他们必都会大有作为,无论他们做什么他们都必定成就非凡。但在那穷乡僻壤,吃饱肚子尚且是一件颇为荣耀的成绩,哪还有余力去奢想什么文化呢?所以他们没有机会上学,自然也没有书读,看不到报纸电视甚至很少看得到电影,他们完全不知道外面的世界是什么样子,便只可能遵循了祖祖辈辈的老路,日出而作日入而息,春种秋收夏忙冬闲,日复一日年复一年。光阴如常地流逝,然后他们长大了,娶妻生子成家立业,才华逐步耗尽变作纯朴而无梦想的汉子。然后,可以料到,他们也将如他们的父辈一样地老去,惟单调的岁月在他们身上留下注定的痕迹,而人为什么要活这一回呢?却仍未在他们苍老的心里成为问题。然后,他们恐惧着、祈祷着、惊慌着听命于死亡随意安排。再然后呢?再然后倘若那地方没有变化,他们的儿女们必定还是这样地长大、老去、磨钝了梦想,一代代去完成同样的过程。或许这倒是福气?或许他们比我少着梦想所以也比我少着痛苦?他们会不会也设想过自己的来世呢?没有梦想或梦想如此微薄的他们又是如何设想自己的来世呢？我不知道。我不知道。我只希望我的来世不要是他们这样，千万不要是这样。

那么降生在哪儿好呢？是不是生在大城市，生在个贵府名门就肯定好呢？父亲是政绩斐然的总统，要不是个家藏万贯的大亨，再不就是位声名赫赫的学者，或者父母都是不同寻常的人物，你从小就在一个备受宠爱备受恭维的环境中长大，呈现在你面前的是无忧无虑的现实，绚烂辉煌的前景，左右逢源的机遇，一帆风顺的坦途……不过这样是不是就好呢？一般来说这样的境遇也是一种残疾，也是一种牢笼。这样的境遇经常造就着蠢材，不蠢的几率很小，有所作为的比例很低，而且大凡有点水平的姑娘都不肯高攀这样的人；固然他们之中也有智能超群的天才，也有过大有作为的人物，也出过明心见性的悟者，但毕竟几率很小比例很低。这就有相当大的风险，下辈子务必慎重从事，不可疏忽大意不可掉以轻心，今生多舛来生再受不住是个蠢材了。

生在穷乡僻壤，有孤陋寡闻之虞，不好。生

在贵府名门，又有骄狂愚妄之险，也不好。

生在一个介于此二者之间的位置上怎么样？嗯，可能不错。

既知晓人类文明的丰富璀璨，又懂得生命路途的坎坷艰难，这样的位置怎么样？嗯，不错。

既了解达官显贵奢华而危惧的生活，又体会平民百姓清贫而深情的岁月，这位置如何？嗯！不错，好！

既有博览群书并入学府深造的机缘，又有浪迹天涯独自在社会上闯荡的经历；既能在关键时刻得良师指点如有神助，又时时事事都要靠自己努力奋斗绝非平步青云；既饱尝过人情友爱的美好，又深知了世态炎凉的正常，故而能如罗曼·罗兰所说："看清了这个世界，而后爱它。"——这样的位置可好？好。确实不错。好虽好，不过这样的位置在哪儿呢？

在下辈子。在来世。只要是好，咱可以设计。咱不慌不忙仔仔细细地设计一下吧。我看没理由不这样设计一下。甭灰心，也甭沮丧，真与假的说道不属于梦想和希望的范畴,还是随心所欲地来一回"好运设计"吧。

你最好生在一个普通知识分子的家庭。

也就是说,你父亲是知识分子但千万不要是那种炙手可热过于风云的知识分子,否则,"贵府名门"式的危险和不幸仍可能落在你头上:你将可能没有一个健全、质朴的童年,你将可能没有一群浪漫无猜的伙伴,你将会错过惟一可能享受到纯粹的友情、感受到圣洁的忧伤的机会,而那才是童年,才是真正的童年。一个人长大了若不能怀恋自己童年的痴拙,若不能默然长思或仍耿耿于怀孩提时光的往事,当是莫大的缺憾;对于我们的"好运设计",则是个后患无穷的错误。你应该有一大群来自不同家庭的男孩儿和女孩儿做你的朋友,你跟他们一块儿认真地吵架并且翻脸,然后一块儿哭着和好如初。把你的秘密告诉他们,把他们告诉给你的秘密对任何人也不说。你们定一个暗号,这暗号一经发出你们一个个无论正在干什么也得从家里溜出来,密谋一桩令大人们哭笑不得的事件。当你父母不在家的时候,随便找个理由把你的好朋友都叫来——比如说为了你的生日或为了离你的生日还差一个多月,你们痛痛快快随心所欲地折腾一天,折腾饿了就把冰箱里能吃的东西都吃光,然后继续载歌载舞地庆祝,直到不小心把你父亲的一件贵重艺术品摔成分文不值,你们的汗水于是被冻僵了一会儿,但这是个机会是你为朋友们献身的时刻,你脸色煞白但拍拍胸脯说这怕什么这没啥了不起,随后把朋友们都送走,你独自胆战心惊地策划一篇谎言(要是你家没有猫,你记住:邻居家不一定都没有猫)。你还可以跟你的朋友们一起去冒险,到一个据说最可怕的地方,比如离家很远的一片野地、一幢空屋、一座孤岛、孤岛上废弃的古刹、古刹四周阴森零落的荒冢……都是可供选择的地方。你从自己家的抽屉里而不要从别人家的抽屉里拿点钱,以备不时之需;你们瞒过父母,必要的话还得瞒过姐姐或弟弟;你们可以不带那些女孩子去,但如果她们执意要跟着也就别无选择,然后出发,义无反顾。把你的新帽子扯破了新鞋弄丢了一只这没关系,把膝盖碰出了血把白衬衫上洒了一瓶紫药水这没关系,作业忘记做了还在书包里装了两只活蛤蟆一只死乌鸦这都毫无关系,你母亲不会怪你,因为当晚霞越来越淡继而夜色越来越重的时候,你父亲也沉不住气了,他正要动身去报案,你们突然都回来了,累得一塌糊涂但毕竟完整无缺地回来了,你母亲庆幸还庆幸不过来呢还会再存什么别的奢望吗?"他们回来啦,他们回来啦!"仿佛全世界都和平解放了,一群平素威严的父亲都乖乖地跑出来迎接你们,同样多的一群母亲此刻转忧为喜光顾得摩挲你们的脸蛋和亲吻你们的脑门儿:"你们这是上哪儿去了呀,哎哟天哪,你们还知道回来吗?!"你就大模大样地躺在沙发上呼吃唤喝,"累死了,哎呀真是累死了!"——你就这样,没问题,再讲点莫须有的惊险故事既吓唬他们也陶醉自己,你就得这样,只要这样,一切帽子、裤子、鞋、作业和书包、活蛤蟆以及死乌鸦，就都微不足道了。（等你长到我这样的年龄时，你再告诉他们那些惊险的故事都是你为了逃避挨揍而获得的灵感，那时你年老的父母肯定不会再补揍你一顿，而仍可能摩挲你的脸甚至吻你的脑门儿了。）但重要的是，这次冒险你无论如何得安全地回来——就像所有的戏剧还没打算结束时所需要的那样，否则接下去的好运就无法展开了。不错，你的童年就应该是这样的，就应该按照这样的思路去设计，一个幸运者的童年就得是这样。我的纸写不下了，待实施的时候应该比这更丰富多彩。比如你还可颇具分寸地惹一点小祸，一个幸运的孩子理应惹过一点小祸，而且理应遇到过一些困难，遇到过一两个骗子、一两个坏人、一两个蠢货和一两个不会发愁而很会说笑话的人。一个幸运的孩子应该有点野性。当然你的父亲是个地地道道的知识分子，因为一个幸运的人必须从小受到文化的熏陶，野到什么份儿上都不必忧虑但要有机会使你崇尚知识，之所以把你父亲设计为知识分子,全部的理由就在于此。

你的母亲也要有知识,但不要像你父亲那样关心书胜过关心你。也不要像某些愚蠢的知识妇女,料想自己功名难就,便把一腔希望全赌在了儿女身上,生了个女孩儿就盼她将来是个居里夫人,养了个男娃就以为是养了个小贝多芬。这样的母亲千万别落到咱头上,你不听她的话你觉得对不起她,你听了她的话你会发现她对不起你。她把你像幅名画似的挂在墙上后退三步眯起眼睛来观赏你,把你像颗话梅似的含在嘴里颠来倒去地品味你。你呢?站在那儿吱吱嘎嘎地折磨一把挺好的小提琴,长大了一想起小提琴就发抖,要不就是没日没夜地背单词背化学方程式,长大了不是傻瓜就是暴徒。你的母亲当然不是这样。有知识不是有文凭,你的母亲可以没有文凭。有知识不是被知识霸占,你的母亲不是知识的奴隶。有知识不能只是有对物的知识,而是得有对人的了悟。一个幸运者的母亲必然是一个幸运的母亲、一个明智的母亲、一个天才的母亲，她自打当了母亲她就得了灵感，她教育你的方法不是来自于教育学，而是来自她对一切生灵乃至天地万物由衷的爱，由衷的颤栗与祈祷，由衷的镇定和激情。在你幼小的时候她只是带着你走，走在家里，走在街上，走到市场，走到郊外，她难得给你什么命令，从不有目的地给你一个方向，走啊走啊你就会爱她，走啊走啊，你就会爱她所爱的这个世界。等你长大了，她就放你到你想要去的地方去，她深信你会爱这个世界，至于其他她不管，至于其他那是你的自由你自己负责，她只有一个愿望，就是你能常常回来，你能有时候回来一下。

在你两三岁的时候你就光是玩儿，成天就是玩儿，别着急背诵《唐诗三百首》和弄通百位数以内的加减法，去玩儿一把没有钥匙的锁和一把没有锁的钥匙，去玩儿撒尿和泥，然后用不着洗手再去玩儿你爷爷的胡子。到你四五岁的时候你还是玩儿，但玩儿得要高明一点了，在你母亲的皮鞋上钻几个洞看看会有什么效果，往你父亲的录音机里撒把沙子听听声音会不会更奇妙。上小学的时候，我看你门门功课都得上三四分就够了，剩下的时间去做些别的事，以便让你父母有机会给人家赔几块玻璃。一上中学尤其一上高中，所有的熟人几乎都不认识你了，都得对你刮目相看：你在数学比赛上得奖，在物理比赛上得奖，在作文比赛上得奖，在外语比赛上你没得奖但事后发现那不过是老师的一个误判。但这都并不重要，这些奖啊奖啊奖啊并不足以构成你的好运，你的好运是说你其实并没花太多时间在功课上，你爱好广泛，多能多才，奇想迭出，别人说你不务正业你大不以为然，凡兴趣所至仍神魂聚注若癫若狂。

你热爱音乐，古典的交响乐，现代的摇滚乐，温文尔雅的歌剧清唱剧，粗犷豪放的民谣村歌，乃至悠婉凄长的叫卖，孤零萧瑟的风声，温馨闲适的节日的音讯，你都听得心醉神迷，听得怆然而沉寂，听出激越和威壮，听到玄渺空冥，你真幸运，生存之神秘注入你的心中使你永不安规守矩。

你喜欢美术，喜欢画作，喜欢雕塑，喜欢异彩纷呈的烧陶，喜欢古朴稚拙的剪纸；喜欢在渺无人迹的原野上独行，在水阔天空的大海里驾舟，在山林荒莽中跋涉，看大漠孤烟，看长河落日，看鸥鸟纵情翱飞，看老象坦然赴死。你从色彩感受生命，由造型体味空间，在线条上嗅出时光的流动，在连接天地的方位发现生灵的呼喊。你是个幸运的人因为你真幸运，你于是匍匐在自然造化的脚下，奉上你的敬畏与感恩之心吧，同时上苍赐予你不屈不尽的创造情怀。

你幸运得简直令人嫉妒，因为体育也是你的善长。九秒九一，懂吗？两小时五分五十九秒，懂吗？就是说，从一百米到马拉松不管多长的距离没有人能跑得过你；二米四十五，八米九十一，知道这是什么意思吗？就是说没人比你跳得高也没人比你跳得远；突破二十三米、八十米、一百米,就是说,铅球也好铁饼也好标枪也好,在投掷比赛中仍然没有你的对手。当然这还不够,好运气哪有个够呢?差不多所有的体育项目你都行:游泳、滑雪、溜冰、踢足球、打篮球,乃至击剑、马术、射击,乃至铁人三项……你样样都玩儿得精彩、洒脱、漂亮。你跑起来浑身的肌肤像波浪一样滚动,像旗帜一般飘展;你跳起来仿佛土地也有了弹性,空中也有着依托;你劈波戏水,屈伸舒卷,鬼没神出;在冰原雪野,你翻转腾挪,如风驰电掣;生命在你那儿是一个节日,是一个庆典,是一场狂欢……那已不再是体育了,你把体育变得不仅仅是体育了,幸运的人,那是舞蹈,那是人间最自然最坦诚的舞蹈,那是艺术,是上帝选中的最朴实最辉煌的艺术形式。这时连你在内,连你的肉体你的心神,都是艺术了。你这个幸运的人,世界上最幸运的人,偏偏是你被上帝选作了美的化身。

接下来你到了恋爱的季节。你十八岁了,或

者十九或者二十岁了。这时你正在一所名牌大学里读书，读一个最令人仰慕的系最令人敬畏的专业，你读得出色，各种奖啊奖啊又闹着找你。现在你的身高已经是一米八八，你的喉结开始突起，嘴唇上开始有了黑色但还柔软的胡须，就是在这时候你的嗓音开始变得浑厚迷人，就是在这时候你的百米成绩开始突破十秒，你的动静坐卧举手投足都流溢着男子汉的光彩……总之，由于我们已经设计过的诸项优点或说优势，明显地追逐你的和不露声色地爱慕着你的姑娘们已是成群结队，你经常在教室里看见她们异样的目光，在食堂里听出她们对你喊喊喳喳的议论，在晚会上她们为你的歌声所倾倒，在运动会上她们被你的身姿所激动而忘情地欢呼雀跃，但你一向只是拒绝，拒绝，婉言而真诚地拒绝，善意而巧妙地逃避，弄得一些自命不凡的姑娘们委屈地流泪。但是有一天，你在运动场上正放松地慢跑，你忽然看见一个陌生的姑娘也在慢跑，她的健美一点儿不亚于你，她修长的双腿和矫捷的步伐一点儿不亚于你，生命对她的宠爱、青春对她的慷慨这些绝不亚于你，而她似乎根本没有发现你，她顾自跑着目不斜视，仿佛除了她和她的美丽这世界上并不存在其他东西，甚至连她和她的美丽她也不曾留意，只是任其随意流淌，任其自然地涌荡。而你却被她的美丽和自信震慑了，被她的优雅和茁壮惊呆了，你被她的倏然降临搞得心恍神惚手足无措。（我们同样可以为她也做一个"好运设计"，她是上帝的一个完美的作品，为了一个幸运的男人这世界上显然该有一个完美的女人，当然反过来也是一样。）于是你不跑了，伏在跑道边的栏杆上忘记了一切，光是看她。她跑得那么轻柔，那么从容，那么飘逸，那么灿烂。你很想冲她微笑一下向她表示一点敬意，但她并不给你这样的机会，她跑了一圈又一圈却从来没有注意到你，然后她走了。简单极了，就是说她跑完了该走了，就走了。就是说她走了，走了很久而你还站在原地。就是说操场上空空旷旷只剩了你一个人，你头一回感到了惆怅和孤零——她不知道你是谁,你也不知道她从哪儿来。但你把她记在了心里。但幸运之神仍然和你在一起。此后你又在图书馆里见到过她,你费尽心机总算弄清了她在哪个系。此后你又在在游泳池里见到过她,你拐弯抹角从别人那儿获悉了她的名字。此后你又在滑冰场上见到过她,你在她周围不露声色地卖弄你的千般技巧万种本事,终于引起了她的注意。此后你又在领奖台上和她站到过一起,这一回她对你笑了笑使你一生再也没能忘记。此后你又在朋友家里和她一起吃过一次午饭(你和你的朋友为此蓄谋已久),这下你们到底算认识了,你们谈了很多,谈得融洽而且热烈。此后不是你去找她,就是她来找你,春夏秋冬春夏秋冬,不是她来找你就是你去找她,春夏秋冬……总之,总而言之,你们终成眷属;你是一个幸运的人——至少我们的"幸运设计"是这样说的——所以你万事如意。

也许你已经注意到了,我们的"好运设计"至此显得有些潦草了。是的。不过绝不是我们无能把它搞得更细致、更完善、更浪漫、更迷人，而是我忽然有了一点疑虑，感到了一点困惑，有一道淡淡的阴影出现了并正在向我们靠近，但愿我们能够摆脱它，能够把它消解掉。

阴影最初是这样露头的：你能在一场如此称心、如此顺利、如此圆满的爱情和婚姻中饱尝幸福吗？也就是说，没有挫折，没有坎坷，没有望眼欲穿的企盼，没有撕心裂肺的煎熬，没有痛不欲生的痴癫与疯狂，没有万死不悔的追求与等待，当成功到来之时你会有感慨万端的喜悦吗？在成功到来之后还会不会有刻骨铭心的幸福？或者，这喜悦能到什么程度？这幸福能被珍惜多久？会不会因为顺利而冲淡其魅力？会不会因为圆满而阻塞了渴望，而限制了想象，而丧失了激情，从而在以后漫长的岁月中只是遵从了一套经济规律、一种生理程序、一个物理时间，心路却已荒芜，然后是腻烦，然后靠流言蜚语排遣这腻烦，继而是麻木，继而用插科打诨加剧这麻木——会不会？会不会是这样？地球如此方便如此称心地把月亮搂进了自己的怀中,没有了阴晴圆缺,没有了潮汐涨落,没有了距离便没有了路程,没有了斥力也就没有了引力,那是什么呢?很明白,那是死亡。当然一切都在走向那里,当然那是一切的归宿,宇宙在走向热寂。但此刻宇宙正在旋转,正在飞驰,正在高歌狂舞,正借助了星汉迢迢,借助了光阴漫漫,享受着它的路途,享受着坍塌后不死的沉吟,享受着爆炸后辉煌的咏叹,享受着追寻与等待,这才是幸运,这才是真正的幸运,恰恰死亡之前这波澜壮阔的挥洒,这精彩纷呈的燃烧才是幸运者得天独厚的机会。你是一个幸运者,这一点你要牢记。所以你不能学那凡夫俗子的梦想,我们也不能满意这晴空朗日水静风平的设计。所谓好运,所谓幸福,显然不是一种客观的程序,而完全是心灵的感受,是强烈的幸福感罢了。幸福感,对了。没有痛苦和磨难你就不能强烈地感受到幸福,对了。那只是舒适只是平庸,不是好运不是幸福,这下对了。

现在来看看，得怎样调整一下我们的"设计"，才能甩掉那道不祥的阴影，才能远远地离开它。也许我们不得不给你加设一点小小的困难，不太大的坎坷和挫折，甚至是一些必要的痛苦和磨难，为了你的幸福不致贬值我们要这样做，当然，会很注意分寸。

仍以爱情为例。我们想是不是可以这样：一开始，让你未来的岳父岳母对你们的恋爱持反对态度，他们不大看得上你，包括你未来的大舅子、小姨子、大舅子的夫人和小姨子的男朋友等等一干人马都看不上你。岳父说要是这样他宁可去死。岳母说要是这样她情愿少活。大舅子于是奉命去找了你们单位的领导说你破坏了一个美满的家庭。小姨子流着泪劝她的姐姐三思再三思，爹有心脏病娘有高血压。岳父便说他死不瞑目。岳母说她死后做鬼也不饶过你们。你是个幸运的人你真没看错那个姑娘，她对你一往情深始终不渝，她说与其这样不如她先于他们去死，但在死前她有必要提个问题："请问他哪点儿不如你们？请问他有哪点儿不好？"是呀，他哪点儿不好呢？你，是说你，你有哪点儿不好呢？不仅这姑娘的父母无言以对，就连咱们也无以作答。按照已有的设计，你好像没有哪点儿不好，你简直无懈可击，那两个老人倘不是疯子不是傻瓜不是心理变态，他们为什么会反对你成为他们的女婿呢？所以对此得做一点修改，你不能再是一个完人，你得至少有一个弱点，甚至是一种很要紧的缺欠，一种大凡岳父岳母都难以接受的缺欠，然后你在爱情的鼓舞下，在那对蛮横老人颇合逻辑的蔑视的刺激下，痛下决心破釜沉舟发奋图强历尽艰辛终于大功告成终于光彩照人终于震撼了那对老人，令他们感动令他们愧悔于是心悦诚服地承认了你这个女婿，你热泪盈眶欣喜若狂忽然发现天也是格外地蓝地球也是出奇地圆柔情似水佳期如梦幸福地久天长……是不是得这样呢？得这样。大概是得这样。

什么样的缺欠呢？你看给你设计什么样的缺

欠比较适合？

笨？不不，这不行，笨很可能是一件终生的不幸，几乎不是努力可以根本克服的，此一点应坚决予以排除。

丑呢？不，丑也不行，丑也是无可挽回的局面，弄不好还会殃及后代，不行，这肯定不行。

无知呢，行不行？不，这比笨还不如，绝对的（或相当严重的）无知与白痴没什么区别；而相对的无知又不是一项缺欠，我们每个人都是这样。

你总得做一点让步嘛。譬如说木讷一点，古板一点行吗？缺乏点活力，缺乏点朝气，缺乏点个性，缺乏点好奇心，譬如说这样，行吗？噢，你居然还在问"行吗"，再糟糕不过！接下来你会发现他还缺乏勇气，缺乏同情，缺乏感觉，遇事永远不会激动，美好不能使其赞叹，丑恶也不令其憎恶，他既不懂得感动也不懂得愤怒，他不怎么会哭又不大会笑，这怎么能行？他还是活的吗？他还能爱吗？他还会为了爱而痛苦而幸福吗？不行。

那么狡猾一点可以吗？狡猾，唉，其实人们都多多少少地有那么一点狡猾，这虽不是优点但也不必算作缺点，凡要在这世界上生存下去的种类，有点狡猾也是在所难免。不过有一点需要明确：若是存心算计别人、不惜坑害别人的狡猾可不行，那样的人我怕大半没有什么好下场。那样的人同样也不会懂得爱（他可能了解性，但他不懂得爱，他可能很容易猎获性器的快感，但他很难体验性爱的陶醉，因为他依靠的不是美的创造而仅仅是对美的赚取），况且这样的人一般来说都没什么真正的才华和魅力，否则也无需选用了狡猾。不行。无论从哪个角度想，狡猾都不行。

要不，有一点病？噢老天爷，千万可别，您饶了我吧，无论如何帮帮忙，下辈子万万不能再有病了，绝对不能。咱们辛辛苦苦弄这个"好运设计"因为什么您知道不？是的您应该知道，那就请您再别提病，一个字也别再提。

只是有一点小病呢？小病也不行，发烧感冒

拉肚子？不不，这没用，有点小病不构成对什么人的威胁，也不能如我们所期望的那样最终使你的幸福加倍，有也是白有。但这绝不是说你没病则已，有就有他一种大病，不不！绝没有这个意思；你必须要明白，在任何有期徒刑（注意：有期）和有一种大病之间，要是你非得做出选择不可的话，你要选择前者，前者！对对，没有商量的余地。

要是你得了一种大病，别急，听我说完，得了一种足以使你日后的幸福升值的大病，而这病后来好了，完全好了，这怎么样？唔，这倒值得考虑。你在病榻上躺了好几年，看见任何一个健康的人你都羡慕，你想你是他们中间的任何一个你都知足，然后你的病好了，完好如初，这怎么样？说下去。你本来已经绝望了，你想即便不死未来的日子也是无比暗淡，你想与其这样倒不如死了痛快，就在这时你的病情突然有了转机。说下去。在那些绝望的白天和黑夜，你祷告许愿，你赌咒发誓，只要这病还能好，再有什么苦你都不会觉得苦再有什么难你也不会觉得难，一文不名呀，一贫如洗呀，这都有什么关系呢？你将爱生活，爱这个世界，爱这个世界上所有的人……这时，就在这时奇迹发生了，一个奇迹使你完全恢复了健康，你又是那么精力旺盛健步如飞了，这样好不好？好极了，再往下说。你本来想只要还能走就行，可你现在又能以九秒九一的速度飞跑了；你本来想要是再能跳就好了，可你现在又可以跳过两米四五了；你本来想只要还能独立生活就够了，可现在你的用武之地又跟地球一样大了；你本来想只要还能算个人不至于把谁吓跑就谢天谢地了，可现在喜欢你的好姑娘又是数不胜数铺天盖地而来了。往下说呀，别含糊，说下去。当然你痴心不改——这不是错误，大劫大难之后人不该失去锐气，不该失去热度，你镇定了但仍在燃烧，你平稳了却更加浩荡，你依然爱着那个姑娘爱得山高海深不可动摇，这时候你未来的老丈人老丈母娘自然也不会再反对你们的结合了，不仅不反对而且把你看作是他们的光彩是他们的荣耀是他们晚年的福气是他们九泉之下的安慰。此刻你是多么幸福，你同你所爱的人在一起，在蓝天阔野中跑，在碧波白浪中游，你会是怎样地幸福！现在就把前面为你设计的那些好运气都搬来吧，现在可以了，把它们统统搬来吧，劫难之后失而复得，现在你才真正是一个幸福的人了。苦尽甜来，对，这才是最为关键的好运道。

苦尽甜来，对，只要是苦尽甜来其实怎么都行，生生病呀，失失恋呀，要要饭呀，挨挨揍呀（别揍坏了），被抄抄家呀，坐坐冤狱呀，只要能苦尽甜来其实都不是坏事。怕只怕苦也不尽，甜也不来。其实都用不着甜得很厉害，只要苦尽也就够了。其实都用不着什么甜，苦尽了也就很甜了。让我们为此而祈祷吧。让我们把这作为一条基本原则，无论如何写进我们的"好运设计"中去吧，无论如何安排在头版头条。

问题是，苦尽甜来之后又怎样呢？苦尽甜来之后又当如何？哎哟，那道阴影好像又要露头。苦尽甜来之后要是你还没死，以后的日子怎样继续过呢？我们应当怎样继续为你设计好运呢？好像问题还是原来的问题，我们并没能把它解决。当然现在你可以不断地忆苦思甜，不断地知足常乐，我们也完全可以把你以后的生活设计得无比顺利，但这样下去我们是不是绕了一圈又回到那不祥的阴影中去了？你将再没有企盼了吗？再没有新的追求了吗？那么你的心路是不是又要荒芜，于是你的幸福感又要老化、萎缩、枯竭了呢？是的，肯定会是这样。幸福感不是能一次给够的，一次幸福感能维持多久这不好计算，但日子肯定比它长，比它长的日子却永远要依靠着它。所以你不能失去距离，不能没有新的企盼和追求，你一时失去了距离便一时没有了路途，一时没有了企盼和追求便一时失去了兴致和活力，那样我们势必要前功尽弃，那道阴影必会不失时机地又用无聊、用乏味、用腻烦和麻木来纠缠你，来恶心你，同时葬送我们的"好运设计"。当然我们不会答应。所以我们仍要为你设计新的距离，设计不间断的企盼和追求。不过这样你就仍然要有痛苦，一直要有。是的是的，一时没有了痛苦的衬照便一时没有了幸福感。

真抱歉，我们没想到会是这样。我们一向都是好意，想使你幸福，想使你在来世频交好运，没想到竟还得不断地给你痛苦。那道讨厌的阴影真是把咱们整惨了。看看吧，看看是否还有办法摆脱它。真对不起，至少我先不吹牛了，要是您还有兴趣咱们就再试试看，反正事已至此，我想也不必草草率率地回心转意。看在来世的分儿上，就再试试吧。

看来，在此设计中不要痛苦是不大可能了。现在就只剩了一条路：使痛苦尽量小些，小到什么程度并没有客观的尺度，总归小到你能不断地把它消灭就行了。就是说，你能够不断地克服困难，你能够不断地跨越距离，你能够不断地实现你的愿望，这就行了。痛苦可以让它不断地有，但你总是能把它消灭，这就行了，这样你就巧妙地利用了这些混账玩意儿而不断地得到幸福感了。只要这样行了，接下来的事由我们负责。我们将根据以上要求为你设计必要的才能，必要的机运，必要的心理素质、意志品质，以及必要的资金、器械、设施、装备，乃至大夫护士、贤妻良母、孝子乖孙等等一系列优秀的后勤服务。总之，这些我们都能为你设计，只要一个人永远是个胜利者这件事是可能的，只要无论什么样的痛苦总归是能被消灭的这件事是可能的，只要这样，我们的"好运设计"就算成了。只好也就这样了，这样也就算成了。

不过，这是不是可能的？你见没见过永远的胜利者？好吧，没见过并不说明这是不可能的，没见过的我们也可以设计。你，譬如说你就是一个永远的胜利者，那么最终你会碰见什么呢？死亡。对了，你就要碰见它，无论如何我们没法儿使你不碰见它，不感到它的存在，不意识到它的威胁。那么你对它有什么感想？你一生都在追求，一直都在胜利，一向都是幸福的，但当死亡来临的时候你想你终于追求到了什么呢？你的一切胜利到底都是为了什么呢？这时你不沮丧，不恐惧，不痛苦吗？你从来没碰到过不可逾越的障碍，从来没见过不可消除的痛苦，你就像一个被上帝惯坏了的孩子，从来不知道什么叫失败，从来没遭遇过绝境，但死神终于驾到了，死神告诉你这一次你将和大家一样不能幸免，你的一切优势和特权（即那"好运设计"中所规定的）都已被废黜，你只可俯首帖耳听凭死神的处置，这时候你必定是一个最痛苦的人，你会比一生不幸的人更痛苦（他已经见到了的东西你却一直因为走运而没机会见到），命运在最后跟你算总账了（它的账目一向是收支平衡的），它以一个无可逃避的困境勾销你的一切胜利，它以一个不容置疑的判决报复你的一切好运，最终不仅没使你幸福反而给你一个你一直有幸不曾碰到的——绝望。绝望,当死亡到来之际这个绝望是如此地货真价实,你甚至没有机会考虑一下对付它的办法了。

怎么办?你怎么办?我们怎么办?你说事情不会是这样,你的胜利依旧还是胜利,它会造福于后人;你的追求并没有白费,它将为后人铺平道路;而这就是你的幸福,所以你不会沮丧不会痛苦你至死都会为此而感到幸福。这太好了,一个真正的幸运者就应该有这样的胸怀有如此高尚的情操——让我们暂时忘记我们只是在为自己设计好运吧,或者让我们暂时相信所有的人都能够享有同样的好运吧——一个幸运者只有这样才能最终保住自己的好运,才能使自己最终得享平安和幸福。但是——但是!就算我们没有发现您的不诚实,一个如您这般聪明高尚的人总该知道您正在把后人的路铺向哪儿吧?铺到哪儿才算成功了呢?铺到所有的人都幸福都没了痛苦的地方?那么他们不是又将面对无聊了吗?当他们迎候死亡时不是就不能再像您这样，以"为后人铺路"而自豪而高尚而心安理得了吗？如果终于不能使所有的人都幸福都没了痛苦，您的高尚不就成了一场骗局您的胜利又怎么能胜得过阿Q呢？我们处在了两难境地。如果您再诚实点儿，事情可能会更难办：人类是要消亡的，地球是要毁灭的，宇宙在走向热寂。我们的一切聪明和才智、奋斗和努力、好运和成功到底有什么价值？有什么意义？我们在走向哪儿？我们再朝哪儿走？我们的目的何在？我们的欢乐何在？我们的幸福何在？我们的救赎之路何在？我们真的已经无路可走真的已入绝境了吗？

是的，我们已入绝境。现在你就是对此不感兴趣都不行了，你想糊弄都糊弄不过去了，你曾经不是傻瓜你如今再想是也晚了，傻瓜从一开始就不对我们这个设计感兴趣，而你上了贼船，这贼船已入绝境，你没处可退也没处可逃。情况就是这样。现在我们只占着一项便宜，那就是死神还没驾到，我们还有时间想想对付绝境的办法，当然不是逃跑,当然你也跑不了。其他的办法,看看,还有没有。

过程。对,过程,只剩了过程。对付绝境的办法只剩它了。不信你可以慢慢想一想,什么光荣呀,伟大呀,天才呀,壮烈呀,博学呀,这个呀那个呀,都不行,都不是绝境的对手,只要你最最关心的是目的而不是过程你无论怎样都得落入绝境,只要你仍然不从目的转向过程你就别想走出绝境。过程——只剩了它了。事实上你惟一具有的就是过程。一个只想(只想!)使过程精彩的人是无法被剥夺的,因为死神也无法将一个精彩的过程变成不精彩的过程,因为坏运也无法阻挡你去创造一个精彩的过程,相反你可以把死亡也变成一个精彩的过程,相反坏运更利于你去创造精彩的过程。于是绝境溃败了,它必然溃败。你立于目的的绝境却实现着、欣赏着、饱尝着过程的精彩,你便把绝境送上了绝境。梦想使你迷醉,距离就成了欢乐;追求使你充实,失败和成功都是伴奏；当生命以美的形式证明其价值的时候，幸福是享受，痛苦也是享受。现在你说你是一个幸福的人你想你会说得多么自信，现在你对一切神灵鬼怪说谢谢你们给我的好运，你看看谁还能说不。

过程！对，生命的意义就在于你能创造这过程的美好与精彩，生命的价值就在于你能够镇静而又激动地欣赏这过程的美丽与悲壮。但是，除非你看到了目的的虚无你才能够进入这审美的境地，除非你看到了目的的绝望你才能找到这审美的救助。但这虚无与绝望难道不会使你痛苦吗？是的，除非你为此痛苦，除非这痛苦足够大，大得不可消灭大得不可动摇，除非这样你才能甘心从目的转向过程，从对目的的焦虑转向对过程的关注，除非这样的痛苦与你同在，永远与你同在，你才能够永远欣赏到人类的步伐和舞姿，赞美着生命的呼喊与歌唱，从不屈获得骄傲，从苦难提取幸福，从虚无中创造意义，直到死神和天使一起来接你回去，你依然没有玩儿够，但你却不惊慌，你知道过程怎么能有个完呢！过程在到处继续，在人间、在天堂、在地狱，过程都是上帝的巧妙设计。

但是我们的设计呢？我们的设计是成功了呢还是失败了？如果为了使你幸福，我们不仅得给你小痛苦，还得给你大痛苦，不仅得给你一时的痛苦，还得给你永远的痛苦，我们到底帮了你什么忙呢？如果这就算好运，我，比如说我——我的名字叫史铁生，这个叫史铁生的人又有什么必要弄这么一份"好运设计"呢？也许我现在就是命运的宠儿？也许我的太多的遗憾正是很有分寸的遗憾？上帝让我终生截瘫就是为了让我从目的转向过程，所以有那么一天我终于要写一篇题为《好运设计》的散文，并且顺理成章地推出了我的好运？多谢多谢。可我不，可我不！我真是想来世别再有那么多遗憾，至少今生能做做好梦！

我看出来了——我又走回来了，又走到本文的开头去了。我看出来了，如果我再从头开始设计我必然还是要得到这样一个结尾。我看出来了,我们的设计只能就这样了。我不知道怎么办了,不知道还能怎么办。上帝爱我!——我们的设计只剩这一句话了,也许从来就只有这一句话吧。

  1990年2月27日

病隙碎笔·三

一

从网上读到一篇文章,说到中国孩子和美国孩子学画画之关心点的不同,中国孩子总是问老师"我画得像不像?"美国孩子则是问"我画得好不好?"

先说"像不像"。像什么呢?一是像老师的范本,二是像名家或传统的画路。我在电视上见过几个中国孩子比赛水墨画,看笔法都是要写意，但其实全有成规：小鸡是几笔都是几笔，小虾则一群与一群的队形完全一致，葫芦的叶子不仅数目相等并且位置也一样，而白菜的旁边总是配上两朵蘑菇……这哪里还有自己的意，全是别人的实呀！三是像真的。怎样的真呢？倘其写意也循成规，真，料必也只是流于外在的形吧。

再说"好不好"。根据什么说它好不好呢？根据外在的真，只能是像不像。好不好则必牵系着你的心愿，你的神游，神游阻断处你的犹豫和彷徨，以及现实的绝境给你的启示，以及梦想的不灭为你开启的无限可能性。这既是你的劫数也是你的自由，这样的舞蹈你能说它像什么吗？它什么也不像，前面没有什么可以让它像的东西，因而你只有问自己，乃至问天问地：这，好不好？

二

国画，越看越有些腻了。山水树木花鸟鱼虫，都很像，像真的，像前人，互相像，鉴赏家常也是这样告诉你：此乃袭承哪位大师、哪一门派。西画中这类情况也有。书法中这样的事尤其多，寿字、福字、龙虎二字，写来写去再也弄不出什么新意却还是写来写去，让人看了憋闷，觉得书者与观者的心情都被囚禁。

艺术，原是要在按部就班的实际中开出虚幻，开辟异在，开通自由，技法虽属重要但根本的期待是心魂的可能性。便是写实，也非照相；便是摄影，也并不看重外在的真。一旦艺术，都是要开放遐想与神游，且不宜搭乘已有的专线。

曾经我不大会看画，众人都说好，便追去看。贴近了看，退远了看，看得太快怕人说你干吗来，看得慢了又不知道看什么，看出像来暗自快慰，看着不像便怀疑人家是不是糊弄咱。后来，有一次，忽然之间我被震动了——并非因为那画面所显明的意义，而是因其不拘一格的构想所流露的不甘就范的心情。一俟有了这样的感受，那画面便活跃起来，扩展开去，使你不由得惊叹：原来还有这样的可能！于是你不单看见了一幅画,还看见了画者飞扬的激情,看见了一条渴望着创造的心迹,观者的心情也便跟随着不再拘泥一处,顿觉僵死的实际中处处都蕴藏着希望。

三

不过,倘奇诡、新异肯定就好,艺术又怕混淆于胡来。贬斥了半天"像",回头一想,什么都不像行吗?换个角度说,你根据什么说A是艺术,B是创作,而C是胡来?所谓"似与不似之间",这"之间"若仅是画面上分寸的推敲,结果可能还是成规,或者又是胡来。这"之间",必是由于心神的突围,才可望走到艺术的位置;可以离形,但不能失神,可以脱离实际沉于梦幻,却不可无所寻觅而单凭着手的自由。这就像爱与性的关系:爱中之性,多么奇诡也是诉说,而无爱之性再怎么像模像样儿也还是排泄。

什么都不像既然也不行,那又该像什么呢?

像你的犹豫,像你的绝望,像你的不甘就范的心魂。但心魂的辽阔岂一个"像"字可以捕捉?所以还得是"好不好";"好不好"是心魂在无可像处的寻觅。

四

中国观众,对戏剧,对表演,也多以"像不像"来评价。医生必须像医生,警察千万得像警察。可医生和警察,脱了衣裳谁像谁呢?脱了衣裳并且入梦,又是怎么个像法呢?(有一段相声说:梦,有俩人商量着做的吗?)像,惟在外表,心魂却从来多样。心魂,你说他应该像什么?只像他自己不好吗?只像他希望自己所是的那样,不好吗?可见,"像不像"的评价,还是对形的要求,对表层生活的关注,心魂的辽阔与埋藏倒被忽视。

所以中国的舞台上与中国的大街上总是很像。中国的演员,功夫多下在举手投足、一颦一笑的像上。中国观众的期待,更是被培养在这个像字上。于是,中国的艺术总是以像而赢得赞赏。极例是"文革"中的一个舞蹈《喜晒战备粮》:一群女孩儿不过都换了一身干净衣裳,跳到台上去筛一种想象中的谷物。筛来筛去,这我在农村见过,觉得真像,又觉得真没劲——早知如此,给我们村儿的女子们换身衣裳不得了?想来我们村儿的女子们倒更要活泼得多了。还有所谓的根雕,你看去吧,好好的天之造物,非得弄得像龙像凤,像鹰像鹤,偏就不见那根须本身的蓬勃与呼啸。还是一个"像"字作怪。"不肖子孙"所以是斥责,就因其不像祖宗,不按既定方针办。龙与鹤的意思都现成,像就是了,而自然的蓬勃与呼啸是要心魂参与创造的,而心魂一向都被忽视。

五

像字当头,艺术很容易流于技艺。用笔画,会的人太多,不能标榜特色总归是寂寞,就有人用木片画，用手指或舌头画，用气吹着墨液在纸上走。有个黄色笑话，说古时某才子善用其臀作画，蘸了墨液在纸上只一坐，像什么就不说了，但真是像。玩笑归玩笑，其实用什么画具都不要紧，远古无"荣宝斋"时，岩洞壁画依然动人魂魄。古人无规可循，所画之物也并不求像，但那是心魂的奔突与祈告，其牵魂的力量自难磨灭。我是说，心魂的路途远未走完，未必是工具已经不够使。

六

外在的"像"与"真"，或也是艺术追求之一种，但若作为艺术的最高鉴定，尴尬的局面在所难免。

比如，倘若真就是好，任何黄色的描写就都无由贬斥，任何乌七八糟的东西都能叫艺术，作者只要说一句"这多么真实"，或者"我的生活真的是这样"，你说什么？他反过来还要说你："遮遮掩掩的你真是那样干吗？虚伪！"是呀，许你满台土语，就不许我通篇脏话？许你引车卖浆惟妙惟肖，就不许我鸾颠凤倒纤毫毕现？许你衣冠楚楚，倒不许我一丝不挂？你真还是我真？哎哎，确也如此——倘去实际中比真，你真比不过他。不过，若只求实际之真，艺术真也是多余。满街都是真，床上床下都是真，看去呗。可艺术何为？艺术是一切，这总说不通吧？那么，艺术之真不同于实际之真，应该是没有疑问的。

艺术是假吗？当然也不是。倒是满街的实际，可能有一半是假；床上床下的真，可能藏着假情假意，一丝不挂呢，就真的没有遮掩？而在这真假之间，心魂一旦感受到荒诞，感受到苦闷有如囚徒，便可能开辟另一种存在，寻觅另一种真了。这样的真，以及这样的开辟与寻觅本身，被称为艺术，应该是合适的。

七

说艺术之真有可能成为伪善的借口，成为掩

盖实际之真的骗术，这可信。但因此就将实际之真作为艺术的最高追求，却不能接受。

"艺术源于生活"，我曾以为是一句废话——工农兵学商，可有哪一行不是源于生活吗？后来我明白，这当然不是废话，这话意在消解对实际生活的怀疑。

有位大诗人说过，"诗是对生活的匡正"。他不知道"匡正"也是源于生活？料必他是看出了"源于生活"要么是废话，要么就会囿于实际，使心魂萎缩。

粉饰生活的行为，倒更会推崇实际，拒斥心魂。因为，心魂才是自由的起点和凭证，是对不自由的洞察与抗议，它当然对粉饰不利。所以要强调艺术的不能与实际同流。艺术，乃"于无声处"之"惊雷"，是实际之外的崭新发生。

八

"匡正"，不单是针对着社会，更是针对着

人性。自由，也不仅是对强权的反抗，更是对人性的质疑。文学因而不能止于干预实际生活，而探问心魂的迷茫和意义才更是它的本分。文学的求变无疑是正当，因为生活一直在变。但是，生命中可有什么不变的东西吗？这才是文学一向在询问和寻找的。日新月异的生活，只是为人提供了今非昔比的道具，马车变成汽车，蒲扇换成空调，而其亘古的梦想一直不变，上帝对人的期待一直不变。为使这梦想和期待不至被日益奇诡、奢靡的道具所湮灭，艺术这才出面。上帝就像出题的考官，不断变换生活的题面，看你是否还能从中找出生命的本义。

对于科学，后人不必重复前人，只需接过前人的成就，继往开来。生命的意义却似轮回，每个人都得从头寻找，惟在这寻找中才可能与前贤汇合，惟当走过林莽，走过激流，走过深渊，走过思悟一向的艰途，步上山巅之时你才能说继承。若在山腰止步，登峰之路岂不又被埋没？幸有世世代代不懈的攀登者，如西绪福斯一般重复着这样的攀登，才使梦想照耀了实际，才有信念一直缭绕于生活的上空。

九

不能把遮掩实际之真的骗术算在艺术之真的头上，就像不能把淫乱归在性欲名下。而实际之真阻断了心魂恣肆的情况，也是常有，比如婚内强奸也可导致生育，但爱情随之荒芜。

实际的真与否，有舆论和法律去调教，比如性骚扰的被处罚，性丑闻的被揭露，再比如拾金不昧的被表彰。但艺术之真是在信仰麾下，并不受实际牵制，它的好与不好就如爱情的成败，惟自作自受。一般来看，掩盖实际之真的骗术，多也依靠实际之假，或以实际的利益为引诱，哪有欺世盗名者希望大家心魂自由的呢？

黄色所以是黄色，只因其囿于器官的实际，心魂被快感淹没，不得伸展。倘非如此，心魂借助肉体而天而地，爱愿借助性欲而酣畅地表达,而虔诚地祈告,又何黄之有?一旦心魂驾驭了实际,或突围,或彷徨,或欢聚,你就自由地写吧,画吧,演吧,字还是那些字,形还是那些形,动作还是那些动作,意味却已大变——爱情之下怎么都是艺术,一黄不染。黄色,其实多么小气,而"金风(爱)玉露(性)一相逢,便胜却人间无数"!那是诗是歌是舞,是神的恩赐呀谁管得着?

其实,对黄色,也无须太多藏禁。那路东西谁都难免想看看,但正因其太过实际,生理书上早都写得明白,看看即入穷途。半遮半掩,倒是撩拨青少年。

十

我们太看重了白昼,又太忽视着黑夜。生命,至少有一半是在黑夜中呀——夜深人静,心神仍在奔突和浪游。更因为,一个明确走在晴天朗照中的人,很可能正在心魂的黑暗与迷茫中挣扎,黑夜与白昼之比因而更其悬殊。

这迷茫与挣扎,不是源于生活?但更是"匡正",或"匡正"的可能。这就得把那个"像"字颠来倒去鞭打几回!因为,这黑夜,这迷茫与挣扎,正是由于无可像者和不想再像什么。这是必要的折磨,否则尽是"酷肖子孙",千年一日将是何等无聊?连白娘子都不忍仙界的寂寞,"千年等一回"来寻这人间的多彩与真情。

十一

不能因为不像,就去谴责一部作品,而要看看那不像的外形是否正因有心魂在奔突,或那不像的传达是否已使心魂震动、惊醒。像,已经太腻人,而不像,可能正为生途开辟着新域。

"艺术高于生活",似有些高高在上,轻慢了某些平凡的疾苦,让人不爱听。再说,这"高于"的方向和尺度由谁来制定呢?你说你高,我说我比你还高,他说我低,你说他其实更低,这便助长霸道，而霸道正是瞒与骗的基础。那就不如说"艺术异于生活"。"异"是自由，你可异，我亦可异，异与异仍可存异，惟异端的权利不被剥夺是普遍的原则。

不过，"异"主要是说，生理的活着基本相同，而心魂的眺望各有其异，物质的享受必趋实际，而心魂的眺望一向都在实际之外。但是，实际之外可能正是黑夜。黑夜的那边还有黑夜，黑夜的尽头呢？尽头者，必不是无，仍是黑夜，心魂的黑夜。人们习惯说光明在前面引领，可光明的前面正是黑夜的呼唤呀。现成的光明俯拾即是，你要嫌累就避开黑夜，甭排队也能领得一份光明，可那样的光明一定能照亮你的黑夜吗？惟心神的黑夜，才开出生命的广阔，才通向精神的家园，才是要麻烦艺术去照亮的地方。而偏好实际，常常湮灭了它。缺乏对心魂的关注，不仅限制了中国的艺术，也限制着中国人心魂的伸展。

十二

"普遍主义"很像"高于",都是由一个自以为是的制高点发放通行证,强令排异,要求大家都与它同,此类"普遍"自然是得反对。但要看明白,这并不意味着天下人就没有共通点,天下事就没有普遍性。要活着,要安全,要自由表达,要维护自己独特的思与行……这有谁不愿意吗?因此就得想些办法来维护,这样的维护不需要普遍吗?对"反对普遍主义"之最愚蠢的理解,是以为你有你的实际,我有我的实际,因此谁想怎么干就怎么干吧。可是,日本鬼子据其实际要侵略你,行吗?村长据其实际想强奸某一村民,也不行吧?所以必得有一种普遍的遵守。

十三

语言也是这样,无论谈恋爱还是谈买卖,总

是期望相互能听懂，你说你的我说我的就不如各自回家去睡觉。要是你听不懂我的我就骂人，就诉诸强迫，那便是霸道，是要普遍反对的。可是，反抗霸道若也被认为是霸道，事情就有些乱。为免其乱就得有法律，就得有普遍的遵守。然而又有问题：法律由谁来制订？只根据少数人（或国）的利益显然不对吧？所以就得保证所有的人（或国）都能自由发言。

说到保护民族语言的纯洁与独立，以防强势文化对它的侵蚀与泯灭，我倾向赞成，但也有些疑问。疑问之一：这纯洁与独立，只好以民族为单位吗？为什么不更扩大些或更缩小些？疑问之二：民族之间可能有霸道，民族之内就不可能有？民族之间可以恃强凌弱，一村一户中就不会发生同样的事？为什么不干脆说"保护个人的自由发言"呢？

本当是个人发言，关注普遍，不知怎么一弄，常常就变成了集体发言，却只看重一己了。只有个人自由，才有普遍利益，只因有普遍的遵守，才可能保障个人的自由,这道理多么简单。事实上,轻蔑个人自由的人,也都不屑于普遍的遵守,道理也简单:自由—普遍,霸字搁在哪儿?

十四

远来的和尚,原是要欣赏异地风俗,或为人类学等等采集标本,自然是希望着种类的多样,稀有种类尤其希望它保持原态,不见得都有闲心去想这标本中人是否活得煎熬,是否也图自由与发展。他们不想倒也罢了,标本中人若为取悦游僧和学者而甘做标本,倒把自己的愿望废置,把自己必要的变革丢弃,事情岂不荒唐?

十五

前不久,可能是在电视上也可能是在报纸上,见一位导演接受记者采访。记者问:"有人说您的'中国特色'其实是迎合外国人的口味。"导演说："不,因为我表现的是人的普遍情感,所以外国人也能接受。"我便想:什么是普遍情感?这普遍是谁的统计?怎么统计的?其依据和目的都是什么?以及被这统计所排除、所遗漏的那些心魂应当怎样处置?尤其,这普遍怎么又成了特色?是什么人,会认此普遍为特色呢?是不是由市场判定的普遍?是不是由外国口味判定的中国特色?

一个创作者,敢说他表现的是普遍,这里面隐约已经有了一方"父母官"的影子。一个创作者,竟说他表现的是普遍,谦虚得又似过头,这岂非是说自己并无独到之见?一个创作者,至少要自以为有独特的发现,才会有创作的激情吧?普遍的情感满街都是,倘不能从中见出独具的心流,最多也只能算模仿生活。内在的新异已被小心地择出或粗心地忽略,一旦走上舞台和银幕,料必仍只是外在的像。这样的"创作",我在想,其动力会是什么呢?不免还是想到了"迎合"，迎合市场，迎合"父母官"，迎合一种故有的优势话语，或者迎合别的什么。未必就是迎合大众，倒可能是麻醉大众。大众的心流原本是多么丰富，多么不拘，多么辽远，怎么迎合得过来？惟把他们麻醉到只认得一种戏路，只相信一种思绪配走上舞台或银幕，他们才可以随时随地被迎合。所以我又想，是否正因为这堂而皇之的普遍，万千独具的心流所以被湮灭，以致中国特色倒要由外国人来判定？还有，为什么要以国为单位来配制特色？为什么不让每一缕心魂自然而然地表现其特色呢？

十六

别抱怨摆弄实际之真的所谓艺术总是捉襟见肘吧，那是必然。正因为实际走到了末路，艺术这才发生，若领着艺术再去膜拜实际，岂非鬼打墙？所以，艺术正如爱情，都是不能嫌累的事。心魂之域本无尽头，比如"诗意地栖居"可不是独享逍遥，而是永远地寻觅与投奔，并且总在黑夜中。

十七

要讲真话，勿瞒与骗，这是中国人普遍推崇的品质。可从来，有几人真能做得彻底，真能"知无不言，言无不尽"？（且莫苛求"言必行"吧。）倒是常听见这样的表白："有些话我不能讲，但我讲的保证都是真话。"说实在的，能如此也已经令人钦佩。扪心自问，我自己顶多也就这样。但这绝不是说我钦佩我自己，恰恰相反，用陕北话说：我这心里头害麻烦。翻译成北京话就是：糟心。有点儿像吸毒，自个儿也看不起自个儿，又戒不掉。软弱的自己看不起自己的软弱但还是软弱着，虚伪的自己看不起自己的虚伪却还是"有些话不能讲"——真真岂有此理！

岂有此理就完了吗？钦佩着勇敢者之余，软弱如我者想：岂有此理的深处就怕还藏着另外的道理，未必一副硬骨头就能包打天下。说真话、硬骨头、匕首与投枪，于虚伪自然是良药，但痼疾犹在，久不见轻，大概还是医路的问题。自古就有"文死谏"的倡导，意思也就是硬骨头、讲真话，可这品质世世代代一直都被倡导，或只被倡导，且有日趋金贵之势，岂不令人沮丧？怎么回事？中国人一向推崇的品质，怎么竟成了中国人越来越难得的高风亮节？

十八

说真话有什么错吗？当然没有，还能是说假话不成？但说真话就够了吗？这就又得看看：除了实际之真，心魂之真是否也有表达？是否也能表达？是否也提倡表达？是否这样的表达也被尊重？倘只白昼在表达，生命至少要减半。倘黑夜总就在黑夜中独行，或聋，或哑，或被斥为"不打粮食"，真，岂不是残疾着吗？比如两口子，若互相只言白昼，黑夜之浪动的心流或被视为无用，或被看作邪念，千万得互相藏好，那料必是要憋出毛病的。比如憋出猜疑和防备，猜疑和防备又难免流入白昼，实际之真也就要打折扣了。这还不要紧，只要黑夜健在，娜拉大不了是个出走。但黑夜要是一口气憋死，实际被实际所囚禁，艺术和爱情和一切就都只好由着白昼去豢养、去叫卖了。失去黑夜的白昼，失去匡正的生活，什么假不能炒成真？什么阴暗不能标榜为圣洁？什么荒唐事不能煽得人落泪？于是，什么真也就都可能沦落到"我不能说"了。

十九

听说有一位导演，在反驳别人的批评时说："不管怎么说，反正我是让观众落了泪。"反驳当然是你的权利，但这样的反驳很无力，让人落泪就一定是好艺术吗？让人哭，让人笑，让人咬牙切齿、捶胸顿足，都太容易，不见得非劳驾艺术不可。而真正的好艺术，真正的心路艰难，未必都有上述效果。

我听一位批评家朋友说过一件事:他去看一出话剧,事先掖了手绢在兜里,预备哭和笑,然而整个演出过程中他哭不出也笑不出,全场惟鸦雀无声。直到剧终,掌声虽也持久,但却犹豫。直到戏散,鱼贯而出的人群仍然没有什么热烈的表示,大家默默地走路,看天,或对视。我那朋友干脆找个没人的地方坐下来发呆。他说这戏真好。他没说真像。他说看戏的人中有说真好的,有说不好的,但没见有谁说真像或者不像。他说,无论说真好的还是说不好的,神情都似有些愕然,加上天黑,他说他在那没人的地方坐了很久,心里仍然是一片愕然,以往的批评手段似乎都要作废,他说他看见了生命本身的疑难。这戏我没看。

二十

我看过一篇报告文学,讲一个叛徒的身世。

这人的弟弟是个很有名望的革命者。兄弟俩早年先后参加了革命，说起来他还是弟弟的引路人，弟弟是在他的鼓动下才投身革命的。其实他跟弟弟一样对早年的选择终生无悔，即便是在他屈服于敌人的暴力之时，即便是在他饱受屈辱的后半生中，他也仍于心中默默坚守着当初的信奉。然而弟弟是受人爱戴的人，他却成了叛徒。如此天壤之别，细究因由其实简单：他怕死，怕酷刑的折磨，弟弟不怕。当然，还在于，他不幸被敌人抓去了，弟弟没这么倒霉。就是说，弟弟的不怕未经证实。于是也可以想象另一种可能：被抓去的是弟弟，不是他。这种可能又引出另外两种可能：一是弟弟确实不怕死，也不怕折磨，这样的话世上就会少一个叛徒，多一个可敬的人。二是弟弟也怕，结果呢，叛徒和可敬的人数目不变，只不过兄弟俩倒了个过儿。

谁是叛徒无关紧要，就像谁是哥谁是弟并不要紧，要紧的是世上确有哥哥这样的人，确有这样饱受折磨的心。知道世上有这样的人的那天，我也是找了个没人的地方呆坐很久,心中全是愕然,以往对叛徒的看法似乎都在动摇。我慢慢地看见,勇猛与可敬之外还有着更为复杂的人生处境。我看见一片蛮荒的旷野,神光甚至也少照耀,惟一颗诉告无处的心随生命的节拍钟表一样地颤抖,永无休止。不管什么原因吧,总归有人处于这样的境地,总归有这样的心魂的绝境,你能看一看就忘了吗?我尤其想起了这样的话:人道主义者是不能使用"个别现象"这种托词的。

二十一

这样的事让我不寒而栗。这样的事总向我提出这样的问题:你是他,你怎么办?这问题常使我夜不能寐。一边是屈辱,一边是死亡,你选择什么?一边是生,是永恒的耻辱与惩罚,一边是死,或是酷刑的折磨,甚至是亲人遭连累,我怎样选择?这问题在白昼我不敢回答,在黑夜我暗自祈祷:这样的事千万别让我碰上吧。但我知道这不算回答,这惟使黑夜更加深沉。我又对自己说:倘这事真的轮到我头上,我惟求速死。可我心里又明白,这不是勇敢,也仍然不是回答,这是逃避,想逃开这两难的选择,想逃出这最无人道的处境。因为我还知道,这样的事并不由于某一个人的速死就可以结束。何况敌人不见得就让你速死,敌人要你活着,逼你就范是他们求胜的方法。然而,逼迫你的仅仅是敌人吗?不,这更像合谋,它同时也是敌人的敌人求胜的方法。在求胜的驱动之下,敌对双方一样地轻蔑了人道,践踏和泯灭着人道,那么不管谁胜,得胜的终于会是人道吗?更令人迷惑的是,这样的敌对双方,到底是因何而敌对?各自所求之胜,究竟有着怎样根本的不同?我的黑夜仍在黑夜中。而且黑夜知道,对这两难之题,是不能用逃避冒充回答的。

二十二

对这样的事,和这样的黑夜,我在《务虚

笔记》中曾有触及,我试图走到三方当事者的位置,演算各自的心路。

大凡这类事,必具三方当事者:A——或叛徒,或英雄,或谓之"两难选择者";B——敌人;C——自己人。演算的结果是:大家都害怕处于A的位置。甚至,A的位置所以存在,正由于大家都在躲避它。比如说,B不可以放过A吗?但那样的话,B也就背叛了他的自己人,从而走到了A的位置。再比如,C不可以站出来,替下你所担心的那个可能成为叛徒的人吗?但那样C也就走到了A的位置。可见,A的位置他们都怕——既怕做叛徒,也怕做英雄,否则毫不犹豫地去做英雄就是,叛徒不叛徒的根本不要考虑。是的,都怕,A的位置这才巩固。是的,都怕,但只有A的怕是罪行。原来是这样,他们不过都把一件可怕的事推给了A,把大家的罪行推给了A去承担,然后,一方备下了屠刀、酷刑和株连,一方备下了赞美,或永生的惩罚。

二十三

　　大家心里都知道它的可怕，大家却又一齐制造了它，这不荒唐吗？因此，很久以来我就想为这样的叛徒说句话。就算对那两难的选择我仍未找到答案，我也想替他问一问：他到底错在了哪儿？他不该一腔热血而做出了他年轻时的选择吗？他不该接受一项有可能被敌人抓去的工作吗？他一旦被抓住就不该再想活下去吗？或者，他就应该忍受那非人的折磨？就应该置无辜的亲人于不顾，而单去保住自己的名节，或单要保护某些同他一样承诺了责任的"自己人"吗？

　　我真是找不出像样的回答。但我不由得总是想：有什么理由使一个人处于如此境地？就因为他要反对某种不合理（说到底是不合人道之理）的现实，就应该处于更不人道的境地中吗？

　　我认真地为这样的事寻找理由，惟一能找到的是：A的屈服不仅危及了C，还可能危及"自己人"的整个事业。然而,倘这事业求胜的方法与敌人求胜的方法并无根本不同,将如何证明和保证它与它所反对的不合理一定就有根本的不同呢?于是我又想起了圣雄甘地的话:没有什么方法可以获得和平,和平本身是一种方法。这话也可引申为:没有什么方法可以获得人道,人道本身就是方法。那也就是说:人道存在于方法中,倘方法不人道,又如何树立人道?又怎么能反对不人道?

二十四

这真正是一道难题:敌人不会因为你人道,他也就人道。你人道,他很可能乘虚而入,反使其不人道得以巩固。但你若以其人之道还治其人之身呢,你就也蔑视了人道,你就等于加入了他,反使不人道壮大。仇恨的最大弊端是仇恨的蔓延,压迫的最大遗患是压迫的复制。"自己人"万勿使这难题更难吧。以牙还牙的怪圈如能有一个缺口，那必是更勇敢、更理性、更智慧的人发现的，比如甘地的方法，比如马丁·路德·金的方法。他们的发现，肯定不单是因为骨头硬，更是因为对万千独具心流更加贴近的关怀，对人道更为深彻的思索，对目的更清醒的认识。这样的勇敢，不仅要对着敌人，也要对着自己，不仅靠骨头，更要靠智慧。当然，说到底是因为：不是为了坐江山，而是为了争自由。

电视中正在播放连续剧《太平天国》。洪秀全不勇敢？但他还是要坐江山。杨秀清不勇敢？可他总是借天父之口说自己的话。天国将士不勇敢吗，可为什么万千心流汇为沉默？"天国"看似有其信仰，但人造的神不过是"天王"手中的一张牌。那神曾长了一张人嘴，人嘴倘合王意，王便率众祭拜；人嘴如若不轨，王必率众诛之。而那虚假的信仰一旦揭开，内里仍不过一场权力之争，一切轰轰烈烈立刻没了根基。

二十五

小时候看《三国演义》，见赵子龙在长坂坡前威风八面，于重重围困中杀进杀出，斩上将首级如探囊取物，不禁为之喝彩。现在却常想，那些被取了首级的人是谁？多数连姓名也没有，有姓名的也不过是赵子龙枪下的一个活靶。战争当然就是这么残酷，但小说里也不曾对此多有思索，便看出文学传统中的问题。

我常设想，赵子龙枪下的某一无名死者，曾有着怎样的生活，怎样的期待，曾有着怎样的家。其家人是在怎样的时刻得知了他的死讯，或者连他的死讯也从未接到，只知道他去打仗了，再没回来。好像这人生下来就是为了在某一天消失，就是为了给他的亲人留下一个永远的牵挂，就是为了在一部中国名著中留下一行字：只一回合便被斩于马下。这个人，倘其心流也有表达，世间也许就多有一个多才多艺的鲁班、一个勤劳忠厚的董永，抑或一个风流倜傥的贾宝玉（虽然他不可能那么富贵，但他完全可能那么多情）。当然，他不必非得是名人，是个普通人足够。但一个普通人的心流，并非普遍情感就可以概括，倘那样概括，他就仍只是一个王命难违的士兵、一个名将的活靶、一部名著里的道具，其独具的心流便永远还是沉默。

二十六

我的一位已故艺术家朋友，生前正做着一件事：用青铜铸造一千个古代士兵的首级，陈于荒野，面向苍天。我因此常想象那样的场面。我因此能看见那些神情各异的容颜。我因此能够听见他们的诉说——一千种无人知晓的心流在天地间浪涌风驰。实际上，他们一代一代在那荒野上聚集，已历数千年。徘徊，等待，直到我这位朋友来了，他们才有可能说话了。真不知苍天何意，竟让我这位朋友猝然而逝，使这件事未及完成。我这位艺术家朋友，名叫：甘少诚。

二十七

叛徒（指前述那样的叛徒，单为荣华而出卖朋友的一类此处不论）就正是由普遍情感所概括出的一种符号，千百年中，在世人心里，此类人等都有着同样简化的形象和心流。在小说、戏剧和电影中，他们只要符合了那简化的统一（或普遍），便是"真像"，便在观众中激起简化而且统一的情感，很少有人再去想：这一个人，其处境的艰险，其心路的危难。

恨，其实多么简单，朝他吐唾沫就是，扔石头就是。

《圣经》上有一个类似的故事，看耶稣是怎么说吧：法利赛人抓来一个行淫的妇女，认为按照摩西的法律应该用石头砸死她，他们等待耶稣的决定。耶稣先是在地上写下一行字，众人追问那字的意思,耶稣于是站起来说,你们中谁没有犯过罪,就去用石头砸死她吧。耶稣说完又在地上写字。那些人听罢纷纷离去……

因此,我想,把那个行淫的妇女换成那个叛徒,耶稣的话同样成立:你们中谁不曾躲避过A的位置,就可以朝他吐唾沫、扔石头。如果人们因此而犹豫,而看见了自己的恐惧和畏缩,那便是绝对信仰在拷问相对价值的时刻。那时,普遍情感便重新化作万千独具的心流。那时,万千心流便一同朝向了终极的关怀。于是就有了忏悔,于是忏悔的意义便凸显出来。比如,这忏悔的人群中如果站着B和C,是否在未来,就可以希望不再有A的位置了呢?

二十八

众人走后,耶稣问那妇女:没有人留下定你的罪吗?答:没有。耶稣说:那我也就不定你的罪,只是你以后不要再犯。这就是说,罪仍然是罪，不因为它普遍存在就不是罪。只不过耶稣是要强调：罪，既然普遍存在于人的心中，那么，忏悔对于每一个人就都是必要。

有意思的是，当众人要耶稣做决定时，耶稣为什么在地上写字？为什么耶稣说完那些话，又在地上写字？我一直想不透。他是说"字写的法律与心做的忏悔不能同日而语"吗？他是说"字写得简单与心写得复杂不可等量齐观"吗？或者，他是说"字写的语言有可能变成人对人的强暴，惟对万千心流深入的体会才是爱的祈祷"？但也许他是取了另一种角度，说：字，本当从沉默的心中流出。

二十九

对于A的位置，对于这位置所提出的问题，我仍不敢说已经有了回答，比这远为复杂的事例还很多。我只是想，所有的实际之真，以及所谓的普遍情感，都不是写作应该止步的地方。文学和艺术，从来都是向着更深处的寻觅，当然是人的心魂深处。而且这样的深处，并不因为曾经到过，今天就无必要。其实，今天，绝对的信仰之光正趋淡薄，日新月异的生活道具正湮没着对生命意义的寻求。上帝的题面一变，人就发昏，原来会做的题也不会了，甚至干脆不做了，既然窗外有着那么多快乐的诱惑。看来，糜菲斯特跟上帝的赌博远未结束，而且人们正在到处说着那句可能使魔鬼获胜的话。

插队时，村中有所小学，小学里有个奇怪的孩子，他平时替他爹算工分，加加减减一丝不乱，可你要是给他出一道加减法的应用题，比如说某工厂的产值，或某公园里的树木，或某棵树上的鸟，加来减去他把脚丫子也用上还是算不清。我猜他一定是让工厂呀、公园呀、树和鸟呀给闹乱了，那些玩意儿怎么能算得清？别小看糜菲斯特吧，它把生活道具弄得越来越邪乎，于中行走容易找不着北。

三十

我想我还是有必要浪费一句话：舍生取义是应该赞美的，为信仰而献身更是美德。但是，这样的要求务须对着自己，倘以此去强迫他人，其"义"或"信仰"本身就都可疑。

三十一

"我不能说"，不单因为惧怕权势，还因为惧怕舆论，惧怕习俗，惧怕知识的霸道。原是一份真切的心之困境，期望着交流与沟通，眺望着新路，却有习俗大惊失色地叫："黄色！"却有舆论声色俱厉地喊："叛徒！"却有霸道轻蔑地说："你看了几本书，也来发言？"于是黑夜为强大的白昼所迫，重回黑夜的孤独。

入夜之时，心神如果不死，如果不甘就范，你去听吧，也许你就能听见如你一样的挣扎还在黑夜中挣扎，如你一样的眺望还在黑夜中眺望。也许你还能听见诗人西川的话："我打开一本书，/一个灵魂就苏醒……/我阅读一个家族的预言/我看到的痛苦并不比痛苦更多/历史仅记录少数人的丰功伟绩/其他人说话汇合为沉默……"

你不必非得看过多少本书，但你要看重这沉默，这黑夜，它教会你思想而不单是看书。你可以多看些书，但世上的书从未被哪一个人看完过，而看过很多书却没有思想能力的人却也不少。

三十二

中国的电影和戏剧，很少这黑夜的表达，满台上都是模仿白昼，在细巧之处把玩表面之真。旧时闺秀，新潮酷哥，请安、跪拜、作揖、接吻，虽惟妙惟肖却只一副外壳。大家看了说一声"真像！"于是满足，可就在回家的路上也是各具心流，与那白昼的"真"和"像"迥异。黑夜已在白昼插科打诨之际降临，此刻心里正有着另一些事，另一些令心魂不知所从的事，不可捉摸的心流眺望着不可捉摸的前途，困顿与迷茫正与黑夜汇合。然而看样子他们似乎相信，这黑夜与艺术从来吃的是两碗饭，电影、戏剧和杂技惟做些打岔的工作，以使这黑夜不要深沉，或在你耳边嘀咕：黑夜来了，白昼还会远吗？人们习惯于白昼，看不起黑夜：困顿和迷茫怎么能有美呢？怎么能上得舞台和银幕呢？每个人的心流都是独特，有几个人能为你喊一声"真像"？唔，艺术已经认不出黑夜了，黑夜早已离开了它，惟白昼为之叫卖、喝彩。真不知是中国艺术培养了中国观众，还是中国观众造就了中国艺术。

你看那正被抢救的传统京剧，悦目悦耳，是可以怡然自得半躺半仰着听的。它要你忘忧，不要你动心，虽常是夜场但与黑夜无关，它是冬天里的春天、黑夜中的白昼。不是说它不该被抢救，任何历史遗迹都要保护，但那是为了什么呢？看看如今的圆明园，像倒还是有的可像——比如街心花园，但荒芜悲烈的心流早都不见。

三十三

夜深人静，是个人独对上帝的时候。其他时间也可以，但上帝总是在你心魂的黑夜中降临。忏悔，不单是忏悔白昼的已明之罪，更是看那暗中奔溢着的心流与神的要求有着怎样的背离。忏悔不是给别人看的，甚至也不是给上帝看的，而是看上帝，仰望他，这仰望逼迫着你诚实。这诚实，不止于对白昼的揭露，也不非得向别人交待问题，难言之隐完全可以藏在肚里，但你不能不对自己坦白，不能不对黑夜坦白，不能不直视你的黑夜：迷茫、曲折、绝途、丑陋和恶念……一切你的心流你都不能回避。因为看不见神的人以为神看不见，但"看不见而信的人是有福的"，于是神使你看见——神以其完美、浩瀚使你看见自己的残缺与渺小，神以其无穷之动使你看见永恒的跟随，神以其宽容要你悔罪，神以其严厉为你布设无边的黑夜。因此，忏悔，除去低头还有仰望，除知今是而昨非还要询问未来，而这绝非白昼的戏剧可以通达，绝非"像"可能触及，那是黑夜要你同行啊，要你说：是！

这样的忏悔从来是第一人称的。"你要忏悔。"——这是神说的话，倘由人说就是病句。如同早晨醒来，不是由自己而是由别人说你做了什么梦，岂不奇怪？忏悔，是个人独对上帝的时刻，就像梦，别人不得参与。好梦成真大家祝贺，坏梦实行，众人当然要反对。但好梦坏梦，止于梦，别人就不能管，别人一管就比坏梦还坏，或正是坏梦的实行。君不见"文革"时的"表忠心"和"狠斗私字一闪念"，其坏何源？就因为人说了神的话。

三十四

坏梦实行固然可怕，强制推行好梦，也可

怕。诗人顾城的悲剧即属后一种。我不认识顾城，只读过他的诗，后来又知道了他在一个小岛上的故事。无论是他的诗，还是他在那小岛上的生活，都蕴藏着美好的梦想。他同时爱着两个女人，他希望两个女人互相也爱，他希望他们三个互相都爱。这有什么不好吗？至少这是一个美丽的梦想。这不可能吗？可不可能是另外的问题，好梦无不期望着实现。我记得他在书中写过，他看着两个女人在阳光下并肩而行，和平如同姐妹，心中顿生无比的感动。这感动绝无虚伪。在这个越来越以经济指标为衡量的社会，在这个心魂越来越要相互躲藏的人间，诗人选中那个小岛做其圆梦之地，养鸡为生，过最简朴的生活，惟热烈地供奉他们的爱情，惟热切盼望那超俗的爱情能够长大。这样的梦想不美吗？倘其能够实现，怎么不好？可问题不在这儿。问题是：好梦并不统一，并不由一人制订，若把他人独具的心流强行编入自己的梦想，一切好梦就都要结束。

看顾城的书时，我心里一直盼望着他的梦想

能够实现。但这之前我已经知道了那结尾是一次屠杀，因此我每看到一处美丽的地方，都暗暗希望就此打住，停下来，就停在这儿，你为什么不能就停在这儿呢？于是我终于看见，那美丽的梦想后面，还有一颗帝王的心：强制推行，比梦想本身更具诱惑。

三十五

B和C具体是谁并不重要。麻烦的是，这样的逻辑几乎到处存在。比如在朋友之间，比如在不尽相同的思想或信仰之间，也常有A、B、C式的矛盾。甚至在孩子们模拟的"战斗"中，A的位置也是那样原原本本。

我记得小时候，在幼儿园玩过一种"骑马打仗"的游戏，一群孩子，一个背上一个，分成两拨儿，互相"厮杀"，拉扯、冲撞、下绊子，人仰马翻者为败。老师满院子里追着喊：别这样，别这样，看摔坏了！但战斗正未有穷期。

这游戏本来很好玩，可不知怎么一来，又有了对战俘的惩罚：弹脑崩儿，或连人带马归顺敌方。这就又有了叛徒，以及对叛徒更为严厉的惩罚。叛徒一经捉回，便被"游街示众"，被人弹脑崩儿、拧耳朵（相当于吐唾沫、扔石头）。到后来，天知道怎么这惩罚竟比"战斗"更具诱惑了，无需"骑马打仗"，直接就玩起这惩罚的游戏来。可谁是被惩罚者呢？便涌现出一两个头领，由他们说了算。于是，为免遭惩罚，孩子们便纷纷效忠那一两个头领。然而这游戏要玩下去，不能没有被惩罚者呀！可怕的日子于是到了。我记得从那时起，每天早晨我都要找尽借口，以期不必去那幼儿园。

三十六

不久前，我偶然读到一篇英语童话——我的英语好到一看便知那是英语，妻子把它变成中文：战争结束了，有个年轻号手最后离开战场，回家。他日夜思念着他的未婚妻，路上更是设想着如何同她见面，如何把她娶回家。可是，等他回到家乡，却听说未婚妻已同别人结婚，因为家乡早已流传着他战死沙场的消息。年轻号手痛苦之极，便又离开家乡，四处漂泊。孤独的路上，陪伴他的只有那把小号，他便吹响小号，号声凄婉悲凉。有一天，他走到一个国家，国王听见了他的号声，使人把他唤来，问他：你的号声为什么这样哀伤？号手便把自己的故事讲给国王。国王听了非常同情他……看到这儿我就要放下了，猜那又是个老掉牙的故事，接下来无非是国王很喜欢这个年轻号手，而他也表现出不俗的才智，于是国王把女儿嫁给了他，最后呢？肯定是他与公主白头偕老，过着幸福的生活。妻子说不，说你往下看：……国王于是请国人都来听这号手讲他自己的故事，并听那号声中的哀伤。日复一日，年轻人不断地讲，人们不断地听，只要那号声一响，人们便来围拢他，默默地听。这样，不知从什么时候起，他的号声已不再那么低沉、凄凉。又不知从什么时候起,那号声开始变得欢快、嘹亮,变得生气勃勃了。故事就这么结束了。就这么结束了?对,结束了。当意识到它已经结束了的时候,忽然间我热泪盈眶。

我已经五十岁了。一个年至半百的老头子竟为这么一篇写给孩子的故事而泪不自禁,其中的原因一定很多,多到我自己也说不清。不过我一下子就想起了我的幼儿园,想起了那惩罚的游戏。我想,这不同的童年消息,最初是从哪儿出发的?

2000年夏
同年秋修改完成

病隙碎笔·四

一

有位学者朋友给我写信,说我是"证明了神性,却不想证明神"。老实说,前半句话我绝不敢当,秉性愚钝的我只是用着傻劲儿,希望能够理解神性,体会神性;而对后半句话我又不想承认。不过确实,在我看来,证明神性比证明神更要紧。理由是:没有信仰固然可怕,但假冒的"神"更可怕——比如造人为神。事实是,信仰缺失之地未必没有崇拜，神性不明之时，强人最易篡居神位。我们几时缺了"神"吗？灶王、财神、送子娘娘……但那多是背离着神性的偶像，背离着信仰的迷狂。这类"神明"也有其性，即与精神拯救无关，而是对肉身福乐的期许。比如对权、财的攀争，比如"乐善好施"也只图"来生有报"。这不像信仰，更像是行贿或投资。所以，证明神务先证明神性，神性昭然，其形态倒不妨入乡随俗。况且，其实，惟对神性的追问与寻觅，是实际可行的信仰之路。

二

我读书少，宗教知识更少，常发怵与学者交谈。我只是活出了一些问题，便思来想去，又因能力有限，所以希望以尽量简单的逻辑把信仰问题弄弄明白。

那位学者朋友还说，我是"尽可能避开认同佛教"。这判断有点儿对。但这点儿对，并不是指"尽可能避开",而是说我确实对一些流行的佛说有着疑问。

大凡宗教,都相信人生是一次苦旅(或许这正是宗教的起因吧),但是,对苦难的原因则各说不一,因而对待苦难的态度也不相同。流行的佛说(我对佛学、佛教所知甚微,故以"流行的"做出限定)相信,人生之苦出自人的欲望,如:贪、嗔、痴;倘能灭断这欲望,苦难就不复存在。这就预设了一种可能:生命中的苦难是可以消灭的,若修行有道,无苦无忧的极乐世界或者就在今生,或者可期来世。来世是否真确大可不论,信仰所及,无需实证。但问题是——

三

脱离一己之苦可由灭断一己之欲来达成,但是众生之苦犹在,一己就可以心安理得吗?众生未度,一己便告无苦无忧,这虽不该嫉妒甚至可以祝贺,但其传达的精神取向,便很难相信还是爱的弘扬，而明显接近着争的逻辑了。

争天堂，与争高官厚禄，很容易走成同一种心情。种什么神根，得什么俗果。猪八戒对自己仅仅得了个罗汉位耿耿于怀，凡夫俗子为得不到高级职称而愤愤不平就有了神据。我是说，这逻辑用于俗世实属无奈，若再用于信仰岂不教人沮丧？大凡信仰，正当在竞争福乐的逻辑之外为人生指引前途，若仍以福乐为期许，岂不倒要助长了贪、嗔、痴？

（眼下"欧锦赛"正是如火如荼，荷兰球星博格坎普在批评某一球队时有句妙语："他们是在为结果踢球。"博格坎普因此已然超出球星，可入信者列了。因信称义，而不是因结果，而信恰在永远的过程中。）

四

如何使众生不苦呢？强制地灭欲显然不行。

劝诫与号召呢？当然可以，但未必有效。这个人间的特点是不可能没有矛盾，不可能没有差别和距离，因而是不可能没有苦和忧的。再怎么谴责忧苦的众生太过愚顽，也是无济于事，无济于事而又津津乐道，倒显出不负责任。天旱了不下雨，可以无忧吗？孩子病了无医无药，怎能无苦？而水利和医药的发展正是包含着多少人间的苦路，正是由于人类的多少梦想和欲望呀。享用着诸多文明成果的隐士，悠然地谴责创造诸多文明的俗人，这样的事多少有些滑稽。当然，对此可以有如下反驳：要你断灭的是贪、嗔、痴，又没教你断灭所有的欲望。但是，仅仅断灭了贪、嗔、痴并不能就有一个无苦无忧的世界。久旱求雨是贪吗？孤苦求助是痴吗？那么，诸多与生俱来的忧苦何以救赎？可见无苦无忧的许诺很成问题。再么就是断灭人的所有欲望，但那样，你最好就退回到植物去，一切顺其自然，不要享用任何人类文明，也不必再有什么信仰。苦难呼唤着信仰，倘信仰只对人说"你不当自寻烦恼"，这就像医生责问病人:没事儿撑的你生什么病?

我赞成祛除贪、嗔、痴的教诲,赞成人类的欲望应当有所节制(所以我也不是"尽可能避开认同佛教"),但仅此,我看还不能说就找到了超越苦难的路。

五

以无苦无忧的世界为目标,依我看,会助长人们逃避苦难的心理,因而看不见人的真实处境,也看不见信仰的真意。

常听人讲起一个故事,说是一个忙碌的渔夫在海滩上撞见一个悠闲的同行,便谴责他的懒惰。同行懒洋洋地问:可你这么忙到底为了什么?忙碌者说:有朝一日积攒起足够的财富,我就可以不忙不累优哉游哉地享受生命了。悠闲者于是笑道:在下当前正是如此。这故事明显是赞赏那悠闲者的明智。但若多有一问,这赞赏也许就值得推敲:倘遇灾年,这悠闲者的悠闲何以为继？倘那忙碌的渔夫给他送来救济，这明智的同行肯定拒不接受而情愿饿死吗？

这并不是说我已经认同了那位忙碌的人士，其实他与那悠闲者一样，只不过他的"无苦无忧"是期待着批发，悠闲者则偏爱零买零卖。要紧的是还有一问：倘命运像对待约伯那样，把忙碌者之忙碌的成果悉数摧毁，或不让悠闲者有片刻悠闲而让他身患顽疾，这怎么办？在一条忧苦随时可能袭来的地平线上，是否就能望见一点真信仰的曙光了？

六

再有，以福乐为许诺——你只要如何如何，便可抵达俗人不可抵达的极乐之地——这在逻辑上太近拉拢。以拉拢来推销信仰，这"信仰"非但靠不住，且很容易变成推销者的福利与权柄。

比如潇洒的人，他只要说一句"小乐足矣，不必天堂"，便可弃此信仰于一旁，放心大胆去数钞票了。是嘛，天堂惟乐，贪官也乐，天堂尚远，钞票却近，况乎见乐取小，岂不倒有风度？我是说，以福乐相许，信仰难免混于俗行。再看所谓的"虔诚者"。福乐许诺之下的虔诚者，你说他的终极期待能是什么？于是就难辨哪一笔捐资是出于爱心，哪一笔献款其实是广告，是盯着其后更大的经济收益。你说这是不义，但"圣者"可以隔世投资以求来生福乐，我辈不才，为什么就不能投一个现世之资，求福乐于眼下？商品社会，如是种种就算无可厚非，但不知不觉信仰已纳入商业轨道，这才是问题。逻辑太重要，方法太重要，倘信仰不能给出一个非同凡响的标度，神就要在俗流中做成权贵或巨贾了。

再说最后的麻烦。天堂若非一个信仰的过程，而被确认为一处福乐的终点，人们就会各显神通，多多开辟通往天堂的专线。善行是极乐世界的门票，好，施财也算善行，烧香也算，说媒也算，杀恶人（我说他恶）也算，强迫他人行"善"（我说是善）也算……什么，我说了不算？

那么请问：谁说了算？要是谁说了都不算，这"信仰"岂不作废？所以终于得有人说了算——替天行道。于是，造人为神的事就有了，其恶果不言自明。关键是，这样的事必然要出现，因为：许诺福乐原非神之所为，乃人之所愿，是人之贪婪酿造的幻景，人不出面谁出面？

七

看看另一种信仰是怎么说吧：人是生而有罪的。这不仅是说，人性先天就有恶习，因而忏悔是永远要保有的品质，还是说，人即残缺，因而苦难是永恒的。这样的话不大招人喜欢，但却是事实（非人之所愿，恰神之所为）。不过，要紧的还不在于这是事实，而在于因此信仰就可能有了非同凡响的方向。

看见苦难的永恒，实在是神的垂怜——惟此才能真正断除迷执，相信爱才是人类惟一的救助。这爱，不单是友善、慈悲、助人为乐，它根本是你自己的福。这爱,非居高的施舍,乃谦恭地仰望,接受苦难,从而走向精神的超越。这样的信仰才是众妙之门。其妙之一:这样的一己之福人人可为,因此它又是众生之福——不是人人可以无苦无忧,但人人都可因爱的信念而有福。其妙之二:不许诺实际的福乐,只给人以智慧、勇气和无形的爱的精神。这,当然就不是人际可以争夺的地位,而是每个人独对苍天的敬畏与祈祷。其妙之三:天堂既非一处终点,而是一条无终的皈依之路,这样,天堂之门就不可能由一二强人去把守,而是每个人直接地谛听与领悟,因信称义,不要谁来做神的代办。

八

再有,人既看见了自身的残缺,也就看见了神的完美,有了对神的敬畏、感恩与赞叹,由是爱才可能指向万物万灵。现在的生态保护思想,还像是以人为中心,只是因为经济要持续发展而无奈地保护生态，只是出于使人活得更好些，不得已而爱护自然。可什么是好些呢？大约还得是人说了算，而物质的享乐与奢华哪有尽头？至少现在，到处都一样，好像人的最重要的追求就是经济增长，好像人生来就是为了参加一场物质占有的比赛。而这比赛一开始，欲望就收不住，生态早晚要遭殃。这不是哪一国的问题，这是全人类的问题，因而这不完全是政治问题，根本是信仰问题。人为什么不能在精神方面自由些再自由些，在物质方面简朴些再简朴些呢？是呀，这未免太浪漫，离实际有些远，但严谨的实际务要有飞扬的浪漫一路同行才好。人用脑和手去工作、去治理，同时用心去梦想；一个美好的方向不是计算出来的，很可能倒是梦想的指引。总之，人为什么不能以万物的和谐为重，在神的美丽作品中"诗意地栖居"呢？诗意地栖居是出于对神的爱戴，对神的伟大作品的由衷感动与颂扬，惟此生态才可能有根本的保护。经济性的栖居还是以满足人的物欲为要，地球则难免劫难频仍，苟且偷生。

九

说到人格的神,我总不大以为然。神自有其神格,一定要弄得人格兮兮有什么好处?神之在,源于人的不足和迷惑,是人之残缺的完美比照。一定要为神在描画一个人形证明,常常倒阻碍着对神的认信。神的模样,莫如是虚。虚者,非空非无,乃有乃大,大到无可超乎其外。其实,一切威赫的存在,一切命运的肇因,一切生与死的劫难,一切旷野的呼告和信心,都已是神在的证明。比如,神于西奈山上以光为显现,指引了摩西。我想,神就是这样的光吧,是人之心灵的指引、警醒、监督和鼓励。不过还是那句话,只要神性昭然,神形不必求其统一。

十

我是个愚顽的人,学与思都只由于心中的迷

惑，并不很明晰学理、教义和教规。人生最根本的两种面对，无非生与死。对于生，我从基督精神中受益；对于死，我也相信佛说。通常所谓的死，不过是指某一生理现象的中断，但其实，宇宙间无限的消息并不因此而有丝毫减损，所以，死，必牵系着对整个宇宙之奥秘的思悟。对此，佛说常让我惊佩。顿悟是智者的专利，愚顽如我者只好倚重一个渐字。

任何宗教或信仰，我看都该分清其源和流。一则，千百年中，源和流可能已有大异。二则，一切思想和智慧必是以流而传之，即靠流传而存在。三则，惟在流中可以思源，可以有对神性的不断的思悟，而这样的思悟才是信仰之路。我是说，要看重流。流，既可流离神性，也可历经数代人的思悟而更其昭然，更其丰沛浩荡。

2000年秋
同年10月修改完成

回忆与随想：我在史铁生[①]（节选）

1. 论死的不可能性（外一篇）

史铁生居然活满了一个花甲，用今天年轻人的话说：这也太夸张了！不过这是真的，六十岁，对我来说就这感觉。

二十一岁双腿瘫痪，轮椅坐了四十年，到底

---

① 【原编者注】本文《回忆与随想：我在史铁生》为未完成稿。【本书编者注】本书仅选取了第1和第2部分。

也没能找出个确凿的病因来。三十岁上两个肾又相继失灵,其时透析疗法还相当简陋,所幸我一时还不必就靠它。大夫的对策是在我的肚皮上钻一个洞,相当于下水改道,并建议我"争取再活十年"。谁料,这个史铁生轻易就完成了定额,而后的日日夜夜全是"灰色收入"。

靠两个残肾坚持到四十八岁,终于不行了,去透析,大夫说我是福将,——现在各项技术都成熟了,您翩翩而至。翩翩个鬼吧,人肿得像一具溺水的尸首。

把身体比作一架飞机,要是两条腿(起落架)和两个肾(发动机)一起失灵,这故障不能算小,料必机长就会走出来,请大家留些遗言。

躺在透析室的病床上,看鲜红的血在透析器里汩汩地走——从我的身体里出来,再回到我的身体里去,那时,我常仿佛听见飞机在天上挣扎的声音,猜想上帝的剧本里这

一幕是如何编排。(随笔《病隙碎笔1》)

> 那时我常有这样的感觉:死神就坐在门外的过道里,坐在幽暗处,凡人看不到的地方,一夜一夜耐心地等我。不知什么时候它就会站起来,对我说:喂,走吧。我想那必是不由分说。不管是什么时候,我想我大概仍会觉得有些仓促,但不会犹豫,不会拖延。(散文《轻轻地走与轻轻地来》)

关于生死,有个著名的比喻:一只鸟儿,在漫无边际的黑夜里飞,冷不丁撞进了一个窗口,里面灯火辉煌,人声鼎沸,三教九流,七情六欲……鸟儿左冲右突,或许还前思后想,或许还上下寻觅,猛然间又莫名其妙地从另一窗口飞出,重入茫茫黑夜。

撞进窗口的就叫作"生",重入黑夜的即谓之"死"。倘其出出进进呢?我猜就是人们常说的"转世轮回"吧。

我常摇着轮椅在街头闲逛，看人群如蚁、车流如潮，看一张张兴奋与焦灼的面孔，或一群群"鸟儿"快乐或慌张地飞去飞来……总是不由得想，这急匆匆的脚步都是要赶去哪里？去赴什么约会？不急不忙你慢慢地看，很容易认出哪些是刚撞进窗口来的，却很难看出哪些即将重入黑夜。但不管是哪一个飞进来，哪一个飞出去，这一片灯火辉煌与人声鼎沸都不会因之而有本质的改变。

除非是我死了。我死了，一切都将化作虚无。

但是，"我死了"这件事，令人由衷地怀疑。

"我死了"，此言若非畅想，就一定是气话，现实中绝没有这回事。

"你死了"呢，或用于诅咒，或用于告慰。一是说你没死但你该死。一是说你并没有死，不过是到了另一世界，或处于另一种存在状态罢了。

只有"他死了"这句话没毛病，必有相应的现实为之做证。比如说"史铁生死了"，这消息日夜兼程，迟早会被证实。

事已至此，我的希望，同时也是我的忧虑，就都在一件事上了：我能不能在临死之时保持住镇静，能不能在脱离史铁生的瞬间免于惊慌，以便今生的某些思绪能够扼要地保存下来，不随那史[①]的灰飞烟灭而灰飞烟灭。倒不是说今生的思绪有多么高明，多么值得流传，恰恰相反，都是些粗陋的荒唐之想，但我希望来生能够继续。倘若来生一切都还是要从头来过，疯牛似的转个没完，生命岂不太过荒诞？但愿我一直清醒，闻死神之逼近，仍能够有条不紊，携带好今生记忆，以备来世那位尚不知其姓名的我少走弯路。至于有没有来生，有没有灵魂，都应该不是问题。

对于死，可以说人人都配得上是预言家——有谁会料想不到自己迟早是要死的呢？不过看上

---

① 那史：作者自称。——编者注

去大家都活得泰然、潇洒，并不见有谁为那必来的灭顶之灾而惶惶不可终日。然而，一旦周围有死亡事件发生，从人们的表情上看，不怕死的还是很少。泰然和潇洒，不过是对问题的悬置、拖延，甚或苟且——死期离我尚远。

从书上见过一位真正参透了生死的老人，他说他每天早晨醒来，见自己依旧是博尔赫斯，便一脸的苦笑。我猜这绝不能够是勇敢，必须是一种智慧，便循其不经意间留下的蛛丝马迹去想，终于弄懂了死的不可能性。言外之意：怕死，乃人类最为严重并悠久的一项愚昧。

出生是怎么回事？——你从虚无中来。死亡呢？——回虚无中去。那么，来也于斯，归也于斯，我就不明白了：为什么你就不能再从那儿来呢？如果你不能再从虚无中来，凭什么你曾经就能从那儿来？生前的虚无与死后的虚无，有什么两样吗？

死是什么？死就是什么都没有了，什么、什么都没有了。可什么、什么都没有了，怎么会还有个死呢？什么、什么都没有了，应该是连"没有"也没有了才对。所以，如果死意味着什么、什么都没有了，死也就是没有的。死如果是有的，死就不会是什么、什么都没有了。故而"有"是绝对的。

"有"又是什么呢？有，是观察的确认——现代物理学也明确支持这一观点。"无"呢？"无"也一样是观察——准确说是观察之不及——的确认，因而仍不过是"有"的一种形态。推而演之，死也就是生的一种形态。

那么，观察意味着什么呢？观察意味着观察者的确在。而这个观察者，既然能够认知他者，也就一定能够自认。这自认，便创生了"我"。

总结一下吧：死，绝不意味着什么、什么都没有了。而一切"有"都是被观察的，一切"无"都是观察所不及的。所以"有"也好，

"无"也好,都离不开观察者。那么,谁是最终的观察者呢?"我"!而"你"和"他","我们"、"你们"和"他们",都不免是被观察者。正所谓"铁打的营盘流水的兵",史铁生们来了走,走了来,而"我"是不死的。

最后一个问题:设若真有来世,我怎么能认出此一世的我即是彼一世的我呢?首先,无论哪一世的你,不自称"我"又自称什么?其次,柏拉图说"学习即回忆",被回忆者是谁?第三,一生止于吃喝屙撒睡的人太多太多,想必来世也就难于分辨,而一个独特的心魂自然就便于被回忆。

但是且慢。来也于斯,归也于斯,却又说斯是乌有,岂不矛盾?一点儿都不矛盾,这恰恰是说生生相继,且是紧密相继——生生之间并无断档。

不是吗?自古至今已有多少人死去了,但心魂之旅却不曾须臾间断,生命的路途依旧艰苦卓绝,激情洋溢……至于某一(或种种)姓名所标记的肉身嘛，当然是要灰飞烟灭的。但某一（或种种）姓名所代表的记忆，却因为存在的无限，因为"太阳底下本无新事"[①]，而必致其"永恒复返"[②]。

【外一篇】　　所谓轮回，或永恒复返

尼采对于"永恒回归"的证明，或可简略地表述如下：生命的前赴后继是无穷无尽的，但生命的内容，或生命中的事件，无论怎样繁杂多变也是有限的；有限对峙于无限，致使回归（复返、再现）必定发生。休谟说："任何一个对于无限和有限比较起来所具有的力量有所认识的人，将绝不怀疑这种必然性。"见大卫·休谟《自然宗教对话录》第8部分。（随笔《人间智慧必在某处汇合》）

---

① 见《旧约·传道书1：9》。
② 尼采语。

不过,"永恒回归"只是说路途的难免重复,并不意味着个体的必然复返。一副牌,不停地玩下去,迟早会出现重复排列,但不等于会重复在一个人手里。

但问题是,你怎么知道,眼前的这个人,就一定不是前世的那个人呢?

时间呀!时间首先就不允许。重复排列所需要的时间,肯定要远远超过一个人的有生之年。

可我们说的是隔世,你知道隔世是多久吗?

这个我没兴趣。我只问:你怎么能认出这个人就是前世的你?

这让我想起一群鸽子。二十年前我住在雍和宫附近,不管是什么时候,从我那间小屋的窗口望出去,金碧辉煌的那几座牌楼上总是栖息着一群鸽子。

> 不注意,你会觉得从来就是那么一群在那儿飞着,细一想,噢,它们生生相继

已不知转换了多少回肉身!一群和一群,传达的仍然是同样的消息,继续的仍然是同样的路途,克服的仍然是同样的坎坷,期盼的仍然是同样的团聚……凭什么说那不是鸽魂的一次次转世呢?(随笔《人间智慧必在某处汇合》)

不错,但那是种的接续,族或类的生生不息,并不意味着个体的"复返"或"轮回"。比如说你,史铁生,打赌吗?早晚是个灰飞烟灭!

那你得先告诉我,"史铁生"指的都是什么?

废话,当然是指你。史铁生就是你,你就是史铁生。

未必,实在是未必!史铁生不过是我曾居住过的一具肉身罢了:一架骨骼,一套脏器,四肢、五官、血管、神经和一个大脑。而这一切又都不过是细胞的组合,就像那群鸽子,一个个细胞就像一只只鸽子,看起来好像一直都是它们,实际呢,新陈代谢早不知有多少回了。

那又怎样?

好,我告诉你:史铁生须臾生死,史铁生流变不居,史铁生在其有生之年早不知被更新多少遍了。我的意思是,这个史铁生早就不是那个史铁生了——"铁打的营盘流水的兵"!

可他还是得叫史铁生。

不错,那是因为DNA的相对稳定——细胞虽一代代老化、死亡,可新一代的组合还是遵循着原有的设计。不过单凭这一点,我相信您只能认出史铁生的尸体,或不幸他已然形同一株植物。而一个活生生的人,久别重逢,你靠什么来辨认他呢?只能是记忆,即某些共同的经历,共同能够回忆起来的人和事。因为,一个人真正的所是,就在于他的记忆!"喂,您还认得我吗?""不好意思,您是?——""还记得那年在'马里昂巴'吗?夏天,你,我,还有那位大胡子的摄影师……""噢,史铁生!你可真是变得太厉害了！"

这就有趣得很了。DNA所能证明的只是一个人的肉身——也可以叫"住所"，叫"故居"；而记忆能够证明的，那才是我，或者"我"，即那"住所"或"故居"的主人。（惟因如此，神话中的人们才能够隔世相认——肉身已然更新，DNA已经改写，所幸还有前世的记忆可供沟通。）所以，记忆＝心魂＝我或者"我"，DNA＝肉身＝种种姓名所标分的一具具心魂的载体。又所以，我≠史铁生；最多是，我≈史铁生。顺理成章吗？

很多事是不可能实证的，惟顺理成章就对。

是吗？那就又有个顺理成章的问题了：你这个"永恒的行魂"，能否说一说你的前世呢？当然了，说不出也没关系，可那您就别在这儿瞎扯了！

是呀是呀，我说过，这是我"出生望死"时

惟一的忧虑。但问题并不在于我说不说得出我的前世,即便我说得出谁又肯相信呢?谁又能证明其真伪呢?所以,真正的问题是:设若我的前世活得毫无特色,比如说只是一味地吃喝玩乐,无所用心,一生风平浪静,死水一潭,甚至从未感到过身心之别,可让我根据什么来辨认他呢?你能在森林里认出每一棵树吗?你能在荒漠中认出每一粒沙吗?若非司机独特,你能从一批批流水线上下来的汽车中认出哪辆是哪辆吗?我无意贬斥平庸,尤其是在"政治正确"的意义上。但说句老实话吧,一世平庸接续起又一世的平庸,可有什么值得辨认,又有什么可供辨认的呢?无非是一遍又一遍地活着,活得无知无觉,接续得模糊但却顺畅罢了。

而如果相反,前世心魂因其艰难的跋涉、困苦的思索、深刻的疑问而超越了生理性存在,今世心魂就有了辨认他的机会。比如在书店,阅尽千般皆不是,忽一本古人的书立刻唤醒了你的才情,激活了你的灵感。又比如伫立街头,迷茫四顾,忽一番路人的闲话,让你久有的困顿一朝畅通。所谓"众里寻他千百度,蓦然回首,那人却在灯火阑珊处"仅仅是灵感吗?可灵感又是什么呢?有谁给过它顺理成章的解释吗?那么,依我看,灵感就是心魂的隔世接续。柏拉图说"学习即回忆"。回忆什么?或对于什么的回忆?想来只有前世。所谓天赋,即由学习所唤醒的隔世之思、之想,甚至于之能。否则天才是怎么来的?莫扎特四岁作曲,还有那个数学神童高斯,总不会都是现趸现卖吧?如此重要的现象,仅靠"天才"二字了事,倒不如"转世"的猜想来得积极。

接续,是心魂的接续。DNA的重复率很低,碰上了也没多大意义。庄子说"乘物以游心",我们搭乘一部有限的生理之车,去行那无限的心魂之路罢了。惟一路未尽的行旅,一生未解的悬疑,或比如《自新大陆》中那一缕时隐时现的律动,才是你辨认前世今生的根据,——否则很难。

当然了,心魂的接续,文明的传承,还有其显明或通常的一路——就比如唤醒你"灵感"的那本书。你把某位古圣贤的思想以印刷品的形式接回家,隔世重逢般地融入你的思绪,那么不管他叫老子还是叫苏格拉底,你就都是他们的接续者了,完全不必有什么族与国的顾忌。顺便说一句:谁要是以国、族的立场来确认真理,谁最终就一定会以自己的利益来确认真理;而这个"自己",难免只是那具终将灰飞烟灭的肉身。而"永恒的行魂"行踪无限,思虑深远,岂是一条人为的国界或一标偶然的族别可以圈定!

对于生命之必在,对于"我"之不死,如果你仍有怀疑,谢天谢地,现代物理学——准确说是量子力学——给了我们一个足可以乐观的理由。

《上帝掷骰子吗》一书中说:"不存在一个客观、绝对的世界。惟一存在的,就是我

们能够观测到的世界……测量行为创造了整个世界。"(随笔《门外有问》)

这就是说,不可能存在一个失去观察的世界。那么显然,也就不可能有一个失去观察者的世界。而这观察者,当然不是说只有人类才可担当;因为跟每个人一样,人类也是有其生前与死后的,那时将由谁或什么来担此"观察"的重任呢?但不管是谁,或是什么,这担当者必得是生命,——谁说生命只能是RNA、DNA以及蛋白质的构成呢?为什么不可能有更优质的材料和更高明的设计,从而有种种别样的生命呢?

但有一条,就连"创世主"也是不能改变它的:既是观察,就必然是由此及彼,由己及他,——这意味着距离的必然,差别的必然,困苦的必然。

不过,我并不完全赞成《上帝掷骰子吗》一书之所说。因为,"我们能够观测到的世界"一语,已然暗示了还有我们的观测所不及的世界,或拒绝被我们观测到的世界。所以,"一个客观、绝对的世界"之确在的证明是:它并不因为我们的观测不及,就满怀善意地也不影响我们,甚至伤害我们。就是说,固然我们无法谈论我们所不知的事物,但这不等于它因此就不给我们小鞋穿。

2.生,或永恒的欲望(外一篇)

确实,就像电影,黑暗中没来由地亮起一块银幕,随即有了声音,有了形象……在一阵阵似乎遥远又似乎贴近的风中,声音和形象试图拼接起来,一开始并不成功。

不过,在这之前并没有黑暗,是后来的一切照亮了黑暗,即照亮与黑暗同时发生。所谓后来,是指那些声音,和形象,慢慢地,终于拼接出一种意味。什么意味?另当别论。但很可能,那正是人终于想表达点儿什么和终于能够表达点儿什么的初始缘由。

所以我相信,生命是起源于一种欲望,或者

也可以说一种引诱。

我的那块银幕上,先是呈现出一片泛了黄的白色屋顶,继而是一扇亮白而朦胧的窗,还有一条近乎于黑的房梁。它们也在一次次地努力着,试图拼接起来。如果我说,这拼接的过程中有些"咔嚓、咔嚓"类似光盘损坏般的声音,对于今天的回忆,应该说也不过分。随之,屋顶和窗户都渐渐地清晰起来。屋顶上有一片水波般散开的环形纹饰,正中间垂挂下一盏吊灯。窗上则显露一格格暗淡的窗棂,以及零乱的树影。"咔嚓、咔嚓"的声音突然停顿——跳过了残损,树影剧烈地晃动起来,风终于落实在不远不近的窗外……一种意味总算是拼接成功。什么呢?我记得是:怨屈。无比的怨屈伴随着哭号喷涌而出,一泻千里,充斥于整个世界……

完全可以说这是婴儿的体操。

但也是人之根本处境的提示。这个未经我知便已被命名为"史铁生"的小小躯体,将在其必然长大和不断残损的过程中给我带来六十几年怎样的折磨,回过头看,其实都已经写在那一次成功的拼接中了。这么说吧,一部名为《史铁生》的剧本,已经写好,剩下的全是我怎么演的事了。

  我站在炕上,扶着窗台,透过玻璃看它。屋里有些昏暗,窗外阳光明媚。近处是一排绿油油的榆树矮墙,越过榆树矮墙远处有两棵大枣树,枣树枯黑的枝条镶嵌进蓝天,枣树下是四周静静的窗廊。——与世界最初的相见就是这样,简单,却印象深刻。复杂的世界尚在远方,或者,它就蹲在那安恬的时间四周窃笑,看一个幼稚的生命慢慢睁开眼睛,萌生着欲望……(散文《轻轻地走与轻轻地来》)

那地方名叫"草厂胡同39号",我到达史铁生的第一站。或者说,我就出生在那儿。或者说是史铁生,就出生在那儿。准确说是有个男孩儿，在那儿出生，并在那儿被命名为"史铁生"。

我没有考证过，但应该没问题，所谓"草厂胡同"，一定是因为那儿曾经有一座皇家的草料仓库，因为附近还有条小街叫"新太仓胡同"。再远些，还有个地方叫"海运仓胡同"。

草厂胡同，地处明、清两代京城的东北角，城墙与护城河的拐弯处。距此不远便是地坛，一座废弃已久的古园，早年皇上祭地的场所。小时候我跟着一群与我年纪相仿的孩子常到那儿去捉蛐蛐儿，逮蜻蜓，踢足球……正如我后来所写："许多年前旅游业还没有开展，园子荒芜冷落得如同一片野地，很少被人记起。"那群无忧无虑的孩子中的一个，那个碰巧名为史铁生的少先队三道杠，他当然不会想到，未来，在我们一起出生二十二年以后，几乎每天都要摇着轮椅走过雍和宫，走过护城河，走进地坛红墙绿瓦的拱门，走到那片浓荫匝地的老柏树下，去读书，闲逛，默坐或呆想。

关于地坛，至少还可以有三种介绍——

（1）地坛离我家很近。或者说我家离地坛很近。总之，只好认为这是缘分。地坛在我出生前四百多年就坐落在那儿了；而自从我的祖母年轻时带着我父亲来到北京，就一直住在离它不远的地方——五十多年间搬过几次家，可搬来搬去总是在它周围，而且是越搬离它越近了。我常觉得这中间有着宿命的味道：仿佛这古园就是为了等我，而历尽沧桑在那儿等待了四百多年。(散文《我与地坛》)

（2）坐在那园子里，坐在不管它的哪一个角落，任何地方，喧嚣都在远处。近旁只有荒藤老树，只有栖居了鸟儿的废殿颓檐、长满了野草的残墙断壁，暮鸦吵闹着归来，

雨燕盘桓吟唱，风过檐铃，雨落空林，蜂飞蝶舞，草动虫鸣……（散文《想念地坛》）

（3）可是，地坛已经没有了。我是说我写过的那个地坛，已不复存在。时隔三十多年，沧桑巨变，那园子已是面目全非，"纵使相逢应不识"，连我都快认不得它了。人们执意不肯容忍它似的，不肯留住那一片难得的安静，三十多年中它不是变得更加从容、疏朗，它被修葺得齐齐整整、打扮得招招摇摇，天性磨灭，野趣全无，是另一个地坛了。（剧本《地坛与往事》）

小时候我常想：我为什么偏偏是出生在这儿，而不是别处？很多年后我才找到一个答案：一个人只能出生在一个地方。可又为什么偏偏是我，出生在这儿呢？因为每个人都自称为"我"，我使我所在的地方成为"这儿"。可我为什么就叫"史铁生"，这儿又为什么就叫"草厂胡同39号"呢？

大概三四岁吧，就常有这类问题跳进心中。是的，心中，而非大脑。多年后我才弄懂，我并不在我的大脑里，我在我的心中；或者说，我非大脑，我即心灵。大脑乃史铁生之一部分，更像是一台计算机，那时我还不太会用，故不能把问题表达得准确。很可能，人这一生，即心和脑的一次次经常的携手与对抗。

我记得一个小小的身影，立于窗外的石阶前，看一缕朝阳透过玻璃，在屋里变成一条耀眼的玫瑰色，缓缓移过墙上的一张年画——《我们热爱和平》，慢慢接近着旁边的一架老挂钟……老挂钟"嘀嘀嗒嗒"地响，那条耀眼的玫瑰色越来越细窄、越来越浓艳，忽悠一下跳出窗外，融入满院子轰轰烈烈的夏日光芒……或许，我就是在那一刻走进了史铁生的吧？

那一刻，在茫茫宇宙中这一颗尘埃般的星球上，正是日出日落，月圆月缺，星移斗转……

正是春风化雨，骄阳似火，天高云淡，大雪纷飞……那一刻，正有一场战争在朝鲜半岛打得火热，奶奶教我唱一首歌："嘿啦啦啦啦，嘿啦啦啦，天空出彩霞呀，地上开红花呀……"那一刻硝烟起处正有多少灵魂脱离开肉体，茫然不知何往……那一刻也正有多少母亲十月怀胎一朝分娩，相应地，也就有多少懵懂的灵魂，正哭着、喊着来到人间……那一刻晨钟暮鼓，那一刻地远天长，那一刻"花间一壶酒"，"高处不胜寒"，"梦里不知身是客"，"铁马冰河入梦来"……那一刻，存在之网正一如既往地编织，不舍昼夜，上帝的创造正按部就班地进行……历史，岂是几个人合谋的撰写？实际上每一秒钟都有无限的可叙述性。

其实，我是出生在离那个四合院不远的一家医院。生我的时候天降大雪。一天一宿罕见的大雪，路都埋了，奶奶抱着为我准备的铺盖蹚着雪走到医院，走到产房的屋檐

下,在那儿站了半宿,天快亮时才听见我轻轻地来了。(散文《轻轻地走与轻轻地来》)

有一天母亲整理旧文件,忽然飘落下一张小纸片,捡起来看看,竟是我的出生证。纸已发黄,印制也很简陋,惟钢笔填写的几个关键词依然端庄秀丽:史铁生　男　1951年1月4日4时20分　北京市道济医院

那是家教会医院,整个建筑就像座教堂,有着哥特式的尖顶。楼窗高而窄,被满墙的"爬山虎"遮去大半,因而楼道里总是幽幽暗暗,幸有"白大褂"们穿行其间,才有了些亮色。但在我的印象里,那缕缕亮色,总是与孩子们的哭声紧密相关。这医院后来改名为"北京市第六医院"。我从小多病,一发烧,奶奶就领我到那儿去——

……走过一条又一条胡同,天上地上都是风,被风吹淡的阳光,被风吹得断续的鸽哨儿声。那家医院就是我的出生地。打完

针，号啕之际，奶奶买一串糖葫芦慰劳我，指着医院的一座西洋式小楼说，她就是在那儿听见我来了的，那天下着罕见的大雪。
（散文《故乡的胡同》）

那张小纸片让母亲感慨良久，没想到历经劫难它竟一直安睡在这里。我却是头一回见它——像一位久闻其名却从未谋面的老朋友，跟我的想象颇有差距。母亲小心地把它收好，意思是再不可怠慢。我却想象那个冬日的黎明：静静的产房外面，幽暗的走廊尽头，一缕白色的身影窈窕、曼妙，与窗上的冰凌花交相辉映……古旧的木地板上一串轻盈的脚步声，与窗外的飞雪一样的节奏……年轻的护士小姐走到桌前，坐下，仪态端庄，神色安宁，接着蘸水笔碰响了墨水瓶，继而是笔尖走过纸面的沙沙声……就这样，上帝借一双纤柔的手和一颗宁静的心，签署了我与史铁生的携手到来，揭开了一场绝不宁静的戏剧。

我还记得,墙上的那张年画上,是一个男孩儿和一个女孩儿,怀中都抱了一只鸽子,背景是蓝天、白云,清澈,深远。标题是:《我们热爱和平》。

但那更像是一个传说,亦真亦幻。出生,甚或是一个谣言也未可知。而生命确凿的开始,我说过,在于欲望,或者叫引诱——

  我蹒跚地走出屋门,走进院子,一个真实的世界才开始提供凭证。太阳晒热的花草的气味,太阳晒热的砖石的气味,阳光在风中飘舞、流动。青砖铺成的十字甬道连接起四面的房屋,把院子隔成四块均等的土地,两块上面各有一棵枣树,另两块种满了西番莲。西番莲顾自开着硕大的花朵,蜜蜂在层叠的花瓣中间钻进钻出,嗡嗡地采集。蝴蝶悠闲飘逸,飞来飞去,悄无声息,仿佛幻影。枣树下落满移动的树影,落满细碎的枣花。青黄的枣花像一层粉,覆盖着地上的青苔,很滑,踩上去要小心。天上,或者是云彩里,有些声音,缥缈不知所在的声音——风声?铃声?还是歌声?说不清,很久我都不知道那到底是什么声音,但我一走到那块蓝天下面就听见了它,甚至在襁褓中就已经听见它了。那声音清朗,欢欣,悠悠扬扬不紧不慢,仿佛是生命固有的召唤,执意要你去注意它,去寻找它、看望它,甚或去投奔它。

我迈过高高的门槛,艰难地走出院门,眼前是一条安静的小街,细长、规整,两三个陌生的身影走过,走向东边的朝阳,走进西边的落日。东边和西边都不知通向哪里,连接着什么,惟那美妙的声音不惊不懈,如风如流……(散文《轻轻地走与轻轻地来》)

这欲望是仅仅属于我呢,还是也属于史铁生?很可能,此前我与史铁生还不能区分,与这个世界也还不能区分。正是这个叫作"欲望"的东西,将把我们分开,分开成我与史铁生,分开成我与别人、我与世界,分开成世界的这儿和那儿,因而——

> 我永远都看见那条小街,看见一个孩子站在门前的台阶上眺望。朝阳或是落日弄花了他的眼睛,浮起一群黑色的斑点,他闭上眼睛,有点儿怕,不知所措,很久,再睁开眼睛,啊好了,世界又是一片光明……有两个黑衣的僧人在沿街的房檐下悄然走过……几只蜻蜓平稳地盘桓,翅膀上闪动着光芒……鸽哨声时隐时现,平缓悠长,渐渐地近了,噗噜噜飞过头顶,又渐渐远了,在天边像一团飞舞的纸屑……这是件奇怪的事,我既看见我的眺望,又看见我在眺望。
> (散文《轻轻地走与轻轻地来》)

所以,六十年过去了,我总是不能满意于种

种依靠灭欲来维系的信仰。我总是不由得要问：所谓"第一推动"，到底是谁在推动？所谓"有生于无"，究竟是靠的什么？

西方哲人说，无中生有是不可能的。东方哲人却说，有生于无。不过东方哲人还有一说：万法皆空。又说：空即是有，有即是空。所以我猜东哲的本意是：有生于空。空，并不等于无。而有呢，也不见得就是有物质。有什么呢？不知道。物理学家说：抽去封闭器皿中的一切物质，里面似乎还是有点儿什么的。有点儿什么呢？还是不知道。那咱就有权瞎猜了：有"空"！万法皆空而非万法皆无，所以这个"空"绝非是说一切皆无。那么，这个"空"里面又有什么呢？有着趋于无限强大的"势"，即强烈地要成为"有"的趋势，或倾向。——我想不如就称之为"欲望"吧。在现有的汉语词汇中，没有比用"欲望"来表达它更恰当、更传神

的了。(散文《智能设计》)

欲望,无不是出于孤独,出自寂寞,就像一渴望着二,二渴望着三,三渴望着万事万物。你听那教堂的钟声与歌咏,在天空中聚合;你听那寺庙的鼓乐与吟哦,在大地上滚动;你看那人间的历史从未间断,舞台上的戏剧永不谢幕。——这永恒的欲望之舞啊,空极致有,静极生动,万法归一,复又万物铺陈……阴晴圆缺,悲欢离合,空荒的宇宙这才充满了热情!

所以,"一"不是"无",而是"空",就好比春情萌动的少年那一颗空空落落的心。就好比我在史铁生,十一二岁的时候,蹲在满院子春花盛开的老海棠树下,空空落落的心里全是渴望。渴望什么呢?说不清,但总是觉得,很快就会有什么动人的事情发生了……

  那些天珊珊一直在跳舞。暑假将尽,她说一开学就要表演这个节目。

晌午，院子里很静，各家各户上班的人都走了，不上班的人在屋里伴着自己的鼾声。珊珊换上那件白色的连衣裙，"吱呀"一声推开屋门，走到老海棠树下，摆一个姿势，然后翩翩起舞。

我煞有介事地在院子里转一圈，然后在南房的阴凉里坐下。

西番莲正开得热烈，草茉莉和夜来香无奈地等候着傍晚。蝉声很远，近处是"嗡嗡"的蜂鸣，是盛夏的热浪，是珊珊的喘息。她一会儿跳进阳光，白色的衣裙灿烂耀眼；一会儿跳进树影，纷乱的图案在她身上飘移、游动；舞步轻盈，丝毫也不惊动树上午睡的蜻蜓。我知道她高兴我看她跳舞，跳到满意时她瞥我一眼说："去！"——既高兴我看她，又说"去"，女孩子真是搞不清楚。

我仰头去看树上的蜻蜓，一只又一只，翅膀微垂，睡态安详。其中一只通体乌黑，是难得的"老膏药"。我正想着怎么去捉它,珊珊忽然喊我:"喂,快看呀你!"随之她开始旋转,旋转得娇喘吁吁,旋转得树影纷乱……连衣裙像降落伞一样张开,紧跟着一蹲,裙裾铺开在老海棠树下,圆圆的一大片雪白,一大片闪烁的图案。

"嘿,芭蕾舞!"

"笨死你,这叫芭蕾舞呀?"

但我听得出,珊珊其实喜欢我这样说。

(散文《珊珊》)

不过我对珊珊没兴趣。为什么没兴趣?多年以后我才听到一句切中少年史铁生之心绪的话:陌生即性感。这话有理,但理在何处却一时懵懂不知。不过,知与不知无关大局,觉与不觉才至关重要。

少年史铁生的兴趣,有点儿像我笔下的画家Z——

Z的生命应该开始于他九岁时的一天下午,近似于我所经历过的那样一个冬天的下午。开始于一根插在瓷瓶中的羽毛,一根大鸟的羽毛,白色的,素雅,蓬勃,仪态潇洒。开始于融雪的时节,一个寒冷的周末。开始于对一座美丽的楼房的神往,和走入其中时的惊讶。开始于那美丽楼房中一间宽绰得甚至有些空旷的屋子,午后的太阳透过落地窗一方一方平整地斜铺在地板上,碰到墙根弯上去竖起来,墙壁是冬日天空一般的浅蓝,阳光在那儿变成空蒙的绿色,然后在即将消失的刹那变成淡淡的紫红。一切都开始于他此生此世头一回独自去找一个朋友,一个同他一般年龄的女孩儿——一个也是九岁的女人。(长篇小说《务虚笔记》)

或者,也有点儿像同一篇小说中的诗人L——

可能有两年,或者三年,L最愿意做的

事，就是替母亲去打油、打酱油、打醋、买盐。因为，那座美丽的楼房旁边有一家小油盐店……L盼望家里的油盐早日用光，那样他就可以到那家小油盐店去了……便可望见那座橘红色的房子了，晚霞一样灿烂……单单是在学校里见到她，诗人不能满足，L觉得她在那么多人中间离自己过于遥远。L希望看见她在家里的样子，希望单独跟她说几句话，或者，仅仅希望单独被她看见。这三种希望，实现任何一种都好……有时候这三种希望能够同时实现：T单独在院子里跳皮筋儿、踢毽子、跳"房子"。

"喂，我来打油的。"

"干吗跑这么远来打油呢你？"

"那……你就别管了。"

"桥西，河那边，我告诉你吧离你家很近就有一个油盐店。"

"我知道。"

"那你干吗跑这么远？"

"我乐意。"

"你乐意？"女孩儿T笑起来，"你为什么乐意？"

"这儿的酱油好。"诗人改口说。

T愣着看了L一会儿，又笑起来。

"你不信？"

"我不信。"

少年诗人灵机一动："别处的酱油是用豆子做的，这儿的是用糖做的。"

"真的呀？"

"那当然。"

"噢，是嘛！"

"我们一起跳'房子'，好吗？"

好，或者不好，都好。只要能跟她说一说话，那一天就是个纪念日。

……但家里的油盐酱醋并不是每天都要补充。十二岁，或者十三岁，L想出了一条妙计：跑步。以锻炼身体的名义，长跑。从他家到那座美丽的房子，大约三公里，跑一个来回差不多要半小时——包括围着那红色的院墙慢跑三圈，和不断地仰望那女孩儿的窗口，包括在她窗外的树下满怀希望地歇口气。还是那三种希望，少年L的希望还不见有什么变化。

那女孩儿却在变化，逐日地鲜明，安静、茁壮。她已经不那么喜欢跳皮筋儿跳"房子"了。她坐在台阶上，看书，安安静静，看得入迷……经常，她在自己的房间里唱歌、弹琴，仍然是那支歌："当我幼年的时候，母亲教我唱歌，在她慈爱的眼里，隐约闪着泪光……"

"喂！"L在阳台下仰着脸喊她，问她，"是'当我幼年的时候'，还是'在我幼年的时候'？"

"是'当'，"女孩儿从窗里探出头，"是'当我幼年的时候'。你又来打油吗？"

"不。我是跑步，懂吗？长跑。"

"跑多远？"

"从我家到你家。"

"噢真的!一直都跑?"

"当然。是'当我幼年的时候',还是'当我童年的时候'?"

"'幼年'。当我幼年的时候,母亲……"少女T很快地再轻声唱一遍。

诗人将永远记得这支歌,从幼年记到老年。(长篇小说《务虚笔记》)

不过,他更像少年L的地方,是诚实——

"妈妈,"有一天他对母亲说,"我是不是很坏?"

"怎么啦?"母亲在窗外。

L躺在床上,郁郁寡欢,百无聊赖,躺在窗边,一本打开的书扣在胸脯上,闪耀的天空使他睁不开眼。

母亲走近窗边,探进头来:"什么事?"

小小的喉结艰难地滚动了几下:"妈妈,我怎么……"

母亲甩甩手上的水,双臂抱在胸前。

"我怎么成天在想坏事?"

母亲看着他,想一下。母亲身后,初夏的天空中有一只白色的鸟在飞,很高很高。

母亲说:"没关系,那不一定是坏事。"

"你知道我想什么啦?"

"你这个年龄的男孩子都会有一些想法,只是这个年龄,你不能着急。"

"我很坏吗?"

母亲摇摇头。那只鸟飞得很高,飞得很慢。

"唉,"未来的诗人叹道,"你并不知道我都想的什么。"

"我也许知道。"母亲说,"但那并不见得是坏想法,只是你不能急。"

"为什么?"

"喔,因为嘛,因为你其实还没有长

大。或者说，你虽然已经长大了，但你对这个世界还不了解。这个世界上人很多，这个世界比你看到的要大得多。"

那只鸟一下一下扇着翅膀，好像仅此而已，在巨大的蓝天里几乎不见移动。L不知道，母亲已经在被褥上看见过他刚刚成为男人的痕迹了。（长篇小说《务虚笔记》）

于是，年轻的恋人四处流浪。

心在流浪。

春天，所有的心都在流浪，不管人在何处。

都在挣扎。在河边。在桥上。在烦闷的家里，不知所云的字行间。在寂寞的画廊，画框中的故作优雅。阴云中有隐隐的雷声，或太阳里是无依无靠的寂静。在熙熙攘攘的街头，目光最为迷茫的那一个。

空空洞洞的午后。满怀希望的傍晚。在万家灯火之间脚步匆匆，在星光满天之下翘首四顾。目光洒遍所有的车站，看尽中年人漠然的脸——这帮中年人怎都那样儿？走过一盏盏街灯。数过十二个钟点。踩着自己的影子，影子抻长然后缩短，抻长然后缩短……一家家店铺相继打烊。到哪儿去了呀你？你这个混蛋！

（你这个冤家——自古的情歌早都这样唱过。）

细雨迷濛的小街。细雨迷濛的窗口。细雨迷濛中的琴声。

直至深夜。

春风从不入睡。

一个日趋丰满的女孩儿。一个正在成形的男子。

精力旺盛，甚或力量凶猛，一天二十四小时都是早晨八九点钟的太阳。

跟警察逗闷子。对父母撒谎。给老师提些没有答案的问题。在街上看人打架，公平地为双方数点。或混迹于球场，道具齐备，地地道道的"足球流氓"。

也把迷路的儿童护送回家,却对那些家长们没好气:"我叫什么?哥们儿这事可归你管?"或搀扶起跌倒在路边的老人,但对其儿女也没好话:"酬劳?那就一百万吧,哥们儿我也算发回财。"

不知道中年人怎都那样儿!

不知道中年人是不是都那样儿?

一群鸽子,雪白,悠扬。一群男孩儿和女孩儿疯疯癫癫五光十色。

鸽子在阳光下的楼群里吟咏,徘徊。男孩儿和女孩儿在公路上骑车飞跑。

年年如此,天上地下。

太阳地里的老人闭目养神,男孩儿和女孩儿的事他了如指掌——除了不知道还要在这太阳底下坐多久,剩下的他都知道。

一个日趋丰满的女孩儿,一个正在成形的男子——流浪的歌手,抑或流浪的恋人,在瓢泼大雨里依偎伫立,在漫天大雪中相拥无语。

大雨和大雪中的春风，抑或大雨和大雪中的火焰。

老人躲进屋里。老人坐在窗前。老人看得怦然心动，看得嗒然若丧：我们过去可是多么规矩，现在的年轻人呀！

曾经的禁区，现在已经没有。

但，真的没有了吗？

亲吻，依偎，抚慰，阳光下由衷地袒露，月光中油然地嘶喊，一次又一次，呻吟和颤抖，鲁莽与温存，心荡神驰但终至束手无策……

肉体已无禁区。但禁果也已不在那里。

倘禁果已因自由而失——"我拿什么献给你，我的爱人？"

春风强劲，春风无所不至，但肉体是一条边界——你还能走进哪里？肉体是一条边界，因而，一次次心荡神驰，一次次束手无策。一次又一次，那一条边界更其昭彰。

无奈的春天,肉体是一条边界,你我是两座囚笼。

倘禁果已被肉体保释——"我拿什么献给你,我的爱人?"

所有的词汇都已苍白。所有的动作都已枯槁。所有的进入,无不进入荒茫。

一个日趋丰满的女孩儿,一个正在成形的男子,互相近在眼前,但是:你在哪儿?

你在哪儿呀——

群山响遍回声。

群山响彻疯狂的摇滚,春风中遍布沙哑的歌喉。(散文《比如摇滚与写作》)

我觉得,这样的歌,自我落生之日始就开始唱了。唱过了童年,唱过了少年和青年,甚至唱过了中年,一直唱到今天我才发现它,一直唱到要离开它时这才看见它。或者说,也只有到了这样的时候才能看见它。因此我对"脱离六道轮回"一直都不是很有兴趣。

如果消灭了欲望，也就消灭了创造，也就消灭了一切，还谈什么信仰？人的一切善恶美丑、喜怒哀乐、爱恨情仇以及种种信仰，莫不是基于这个叫作"欲望"的东西。就好比没有了戏剧，还谈什么角色和演员？没有了音乐，还谈什么音符和节奏？就算这"欲望"自以为是，欲壑难填，胡作非为终致这颗星球毁于一旦，但它绝毁灭不了"空"。而空极必反，必使"有"重整旗鼓，卷土重来……末法寂去日，万法如来时！

说真的，我不大能记住种种宗教的来龙去脉，我的信仰仅仅是我的信仰。就像我也不大记得住书写的或公认的历史细节，我只是记得我的心愿，或史铁生所走过的路途。所以，我信什么，仅仅是因为什么让我信，至于哪门哪派，实在只是增加我的糊涂。

    终于有一天奶奶领我走下台阶，走向小街的东端。我一直猜想那儿就是地的尽头,世界将在那儿陷落、消失——因为太阳从那儿爬上来的时候,它的背后好像什么也没有。谁料,那儿更像是一个喧闹的世界的开端。那儿交叉着另一条小街,街上有酒馆,有杂货铺,有油坊、粮店和小吃摊……还有从城外走来的骆驼队。"什么呀,奶奶?""啊,骆驼。""干吗呢,它们?""驮煤。""驮到哪儿去呀?""驮进城里。"驼铃一路丁零当啷、丁零当啷地响,骆驼的大脚蹚起尘土,昂首挺胸目空一切,七八头骆驼不紧不慢招摇过市,行人和车马都给它们让路。我望着骆驼来的方向问:"那儿是哪儿?"奶奶说:"再往北就出城啦。""出城了是哪儿呀?""是城外。""城外都有什么呀?""行了,别问啦!"我很想去看看城外,可奶奶领我朝另一个方向走。我说"不,我想去城外",我说"奶奶我想去城外看看",我不走了,蹲在地上不起来。奶奶拉起我往前走,我就哭。"带你去个更好玩儿的地方不好吗?那儿有好些小朋友……"我不听,一路哭。

越走越有些荒疏了,房屋零乱,住户也渐渐稀少。沿一道灰色的砖墙走了好一会儿,进了一个大门。啊,大门里豁然开朗,完全是另一番景象:大片大片寂静的树林,碎石小路蜿蜒其间;满地的败叶在风中滚动,踩上去吱吱作响;麻雀和灰喜鹊在林中草地上蹦蹦跳跳,坦然觅食……我止住哭声。我平生第一次看见了教堂,细密如烟的树林后面,夕阳正染红了它的尖顶。

我跟着奶奶进了一座拱门,穿过长廊,走进一间宽大的房子。那儿有很多孩子,他们坐在高大的桌子后面只能露出脸。他们在唱歌。一个穿长袍的大胡子老头儿按响风琴,琴声飘荡,满屋子里的阳光好像也随之飞扬起来。奶奶拉着我退出去,退到门口。唱歌的孩子里面有我的堂兄,他看见了我们但不走过来,惟努力地唱歌。那样的琴声和歌声我从未听过，宁静又欢欣，一排排古旧的桌椅、沉暗的墙壁、高阔的屋顶也好像都活泼起来，与窗外的晴空和树林连成一气。那一刻的感受我终生难忘，仿佛有一股温柔又强劲的风吹透了我的身体，一下子钻进我的心中。后来奶奶常对别人说："琴声一响，这孩子就傻了似的不哭也不闹了。"我多么羡慕我的堂兄，羡慕所有那些孩子，羡慕那一刻的光线与声音，有形与无形。我呆呆地站着，徒然地睁大眼睛，其实不能听也不能看了，有个懵懂的东西第一次被惊动了——那也许就是灵魂吧。后来的事都记不大清了，好像那个大胡子老头儿走过来摸了摸我的头，然后光线就暗下去，屋子里的孩子都没有了，再后来我和奶奶又走在那片树林里了，还有我的堂兄。堂兄把一个纸袋撕开，掏出一个彩蛋和几颗糖果，说是幼儿园给的节日礼物。

这时候，晚祷的钟声敲响了——唔，就

是这声音，就是它！这就是我曾听到过的那种缥缥缈缈响在天空里的声音啊！

"它在哪儿呀，奶奶？"

"什么，你说什么？"

"这声音啊，奶奶，这声音我听见过。"

"钟声吗？啊，就在那钟楼的尖顶下面。"

这时我才知道，我一来到世上就听到的那种声音就是这教堂的钟声，就是从那尖顶下发出的。暮色浓重了，钟楼的尖顶上已经没有了阳光。风过树林，带走了麻雀和灰喜鹊的欢叫。钟声沉稳、悠扬、飘飘荡荡，连接起晚霞与初月，扩展到天的深处或地的尽头……（散文《消逝的钟声》）

是呀，不单是观者必在，而且是欲者必在，行者必在，思者必在，信者必在……总之是"三生万物"，总之是动静无穷。这一场热情奔放并危机四伏的人间戏剧，不过是那"无限之在"或"无穷之动"间的一组配器。而每一种乐器都有自己的一套乐谱，每一个演奏者都有自己一生的心事，每一瞬间都有无限的可叙述性，所以我常猜想——

  我们是相互独立的
    一个个宇宙
  我们出自被分裂的
    同一个神 （诗歌《不实之真》）

【外一篇】   我在哪儿？

  那么，我在哪儿呢？我——在——哪儿？这问题绝不简单。

  我在宇宙中？这话等于没说，或不过是"我在"的同义反复。因为，若非我在，这问题根本就不会被提出。

  或者，我在地球上？还是等于什么也没说。因为，迄今所知，类似的问题非地球人莫属。

  那么，我在北京吗？哦，北京大了去啦，无论谁，穷其一生也只能是居其几点、行其几线罢了。就算你真能用脚印把北京铺满，北京也还是无限地大于你。北京绝不止于一处地域，不止于被书写的种种历史，北京有着数不尽的记忆和欲望，有着不断消逝又不断生长着的心情，而每一种心情又有着无穷的牵系。所以，"我在北京"也还是什么都没说。

然而，"我在哪儿？"这问题绝不是个假问题。

那就再缩小些：我在北京市东城区。再缩小些：我在东城区北新桥大街，我在北新桥大街前永康胡同，我在前永康胡同40号，我在40号东南角的老海棠树下，我在那树下的一辆轮椅上，我在那轮椅上的史铁生中。

（让人想起一首歌："遥远的夜空，有一个弯弯的月亮。弯弯的月亮下面，是那弯弯的小桥。小桥的旁边，有一条弯弯的小船。弯弯的小船悠悠，是那童年的阿娇。"）

所以最终的回答是：我在史铁生。

这话听着别扭。而且，怎么听起来就像是说：史铁生者，一间牢笼是也，而我被囚其中？（阿娇也是。）

不是就像，而是确凿，史铁生确凿就是一间牢笼。双腿报废之前倒还更像似一辆囚车，而后呢，索性只剩下一个干巴巴的主题：牢笼。

不过你完全可以这样想：艺术既然是"源于生活，高于生活"，人既然可以"诗意地栖居"，我为啥不能是居于史铁生又超乎于史铁生呢？还有句古话，"乘物以游心"，怎么讲？在我想，意思就好比是说：史铁生嘛，不过一具偶然所乘之器物，而游心一事非我莫属。所以又要谈到"超越自我"，"超越自我"就是说你完全可以弃车而游！无论是车子报废了，还是存心弃之于路边，你都可以继续你的心游，——靠想象力，你甚至可以走进另维时空、另类天体、另种生命状态，沉溺于种种虚拟生活，参与进某些莫须有的人和事……

问题之妙在于：这样的时候，我，又是在哪

儿呢？

按一位印第安巫士的说法，世界本不具有客观意义，而不过是你依据某种可能的方式——比如理性——所得的一系列感受。而感受世界的途径不一而足，理性仅仅是其中相当狭窄的一种。

这样来看，我其实是在一缕独立、自洽且不断更新着的消息之中！确切说，是这样一缕消息造就了我。简单说，我即是这样的一缕消息！

但，怎么好像还是啥也没说呢？单是换了个主语——"我"换成了"一缕动态的消息"，如此岂不还是得问：这一缕消息又是在哪儿呢？

唔，这一缕消息是在无数缕这样的消息之中！或者说，是缠绕于、浸淫于或者联通在——无数缕千差万别，但同样是独立、自洽且不断更新着的消息之中。这样说吧，在一缕尘世之名为"史铁生"而根本之名为"我"的消息中，包含着一个亘古不变的消息：这世间同时存在着无数缕独立、自洽且不断更新着的消息，他们各具其尘世之名,但统统自称为"我"。而在无数缕自称为"我"的消息中,跟尘世之名为"史铁生"的那缕消息一样,也都包含着那一个亘古不变的消息。因此也可以这样说:每一个"我"都包含在所有的"我"中,而所有的"我"也都包含在每一个"我"中。

是呀,这才是我或"我"的真实处境,这才叫作"存在",也才是"生即是苦,苦即是生"的根本缘由,即人间的一切艰难困苦莫不由此引出。

这一缕消息的独立、更新和变化,都不难理解,但何言自洽呢?这一缕消息,既然是缠绕于、浸淫于或联通在无数这样的消息中,何言自洽呢?

就因为我只能是我,我永远不可能是你或他。我只能是以我的角度看世界,尽管狭隘,我也无法摆脱我的角度。就连我试图站在你或他的角度,——这件事,也依然是拘于我的角度而有的移情。因而我必须,也必然是自洽的,——这事由不得你，由不得他，当然也由不得我。

无论有多少个"我"的消息传来和侵入，无论有多少个"我"的消息包含着多少个"我"的消息传来和侵入，最终总归要在我这儿——被观察，被移情，被猜想，被理解和误解之后——变成为"你"或"他"的消息。

所以我常自窃想，一旦我脱离此世，不管到了哪儿，若被问及我前生何在，最靠谱儿的回答就还是：我在史铁生。

我在史铁生——既指出了我的自由，也暗示了我的限制。自由者，我既可以超越史铁生，更可以有朝一日脱离开史铁生。限制呢，是说我偶然地拘于史铁生，但绝对或永恒地拘于我，——即便千轮万回你做了神仙，做了圣人、智者，也看不出这事儿会有什么大的改变。

图书在版编目（CIP）数据

奶奶的星星 / 史铁生著.—济南：山东画报出版社，2019.5
（2021.4重印）
（双峰文丛）
ISBN 978-7-5474-2970-9

Ⅰ.①奶… Ⅱ.①史… Ⅲ.①中篇小说－小说集－中国－当代 ②短篇小说－小说集－中国－当代 ③散文集－中国－当代 Ⅳ.①I217.2

中国版本图书馆CIP数据核字（2019）第038942号

奶奶的星星
史铁生 著

丛书策划	李文波
项目统筹	怀志霄
责任编辑	王一诺
装帧设计	蔡立国
出 版 人	李文波
主管单位	山东出版传媒股份有限公司
出版发行	山东画报出版社
社　　址	济南市市中区英雄山路189号B座　邮编 250002
电　　话	总编室（0531）82098472
	市场部（0531）82098479　82098476（传真）
网　　址	http://www.hbcbs.com.cn
电子信箱	hbcb@sdpress.com.cn
印　　刷	三河市华东印刷有限公司
规　　格	130毫米×185毫米
	10印张　150千字
版　　次	2019年5月第1版
印　　次	2021年4月第2次印刷
书　　号	ISBN 978-7-5474-2970-9
定　　价	58.00元

如有印装质量问题，请与出版社总编室联系更换。
建议图书分类：文学